Has ganado

TRES ESTRELLAS

por elegir
este libro.
¡Felicidades!

¡Sonríe!

Excusas perfectas

perfectas

(y otras cosillas geniales)

Liz Pichon

B **Bruño**

Título original:
Tom Gates - Excellent Excuses (and other good stuff),
publicado por primera vez en el Reino Unido
por Scholastic Children's Books,
un sello de Scholastic Ltd
Texto e ilustraciones: © Liz Pichon, 2011

Traducción al castellano: © Daniel Cortés Coronas, 2012

© Grupo Editorial Bruño, S. L., 2012
Juan Ignacio Luca de Tena, 15
28027 Madrid

Dirección del Proyecto Editorial: Trini Marull
Dirección Editorial: Isabel Carril
Coordinación Editorial: Begoña Lozano
Edición: Cristina González
Preimpresión: JV, Diseño Gráfico, S. L.

ISBN: 978-84-216-8765-9
D. legal: M-5153-2012
Printed in Spain

La fotografía de la página 21 es cortesía de Lily Pichon Flannery.

www.brunolibros.es

1.ª edición: 2012
11.ª edición: 2017

(Merienda para hacer los deberes)

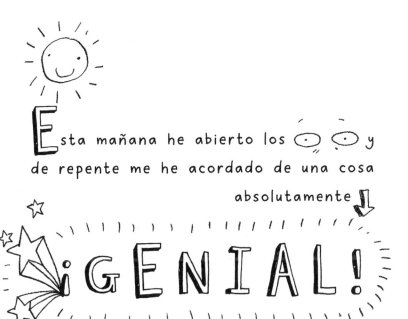

Esta mañana he abierto los 👁 👁 y de repente me he acordado de una cosa absolutamente ↓

¡GENIAL!

Ahora ya puedo OLVIDARME de las clases (y de otros incordios como Marcus ) y concentrarme en las cosas **IMPORTANTES** de la vida, como:

☺ **P**ensar en ⟨nuevas⟩ formas de chinchar a mi hermana Delia. (¡Todo un mundo por explorar!).

☺ **H**acer dibujos de Delia (para fastidiarla). ¡Ja! ¡ja!

☺ **V**er ⊙⊙ la **TV** y comer galletitas. GALLETITA

☺ **C**omer galletitas GALLETITA y ver ⊙⊙ la **TV** .

Y, |sobre todo|...

Ensayar las canciones

de los  con Derek  (que es mi mejor amigo y mi vecino de al lado).

Esta noche me voy a quedar a dormir zzzzzzzz en su casa. Es muy fácil organizarlo ☺, porque vivimos pegados.

Otra cosa genial de la casa de Derek es que él no tiene una hermana insoportable (como me pasa a mí).

... **Y** que tiene un perro que se llama Pollo.

¡Guau!

Sé que es un nombre ridículo para un perro, pero ya me he acostumbrado (más o menos).

A veces, Pollo es casi tan insoportable como Delia. Sobre todo cuando empieza a

¡LADRAR!

Entonces, Derek le da Galletas para perros para que se calle.

¡Ñam!

Si eso no calma a Pollo, yo le doy unas gafas de sol de Delia para que las muerda . Con eso puede pasarse HORAS entretenido ☺.

Ahora mismo estoy oyendo a Delia acercarse a la habitación.

(¡Problemas a la vista!).

Para impedir que entre, EMPUJO la puerta.

No sé cómo, Delia consigue meter su  cabeza

por la puerta.

Y dice...

¡Ja! ¡Ja! Te la vas a cargar. Mamá quiere verte INMEDIATAMENTE... ¡PRINGADO!

(¡Oh, no...! Eso ha sonado fatal...).

Ojalá pudiera hacer callar a Delia lanzándole galletas.

¡Sería una pasada!

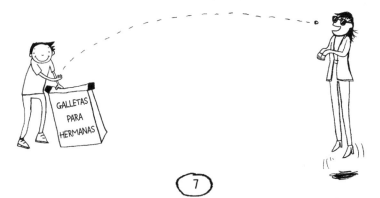

GALLETAS PARA HERMANAS

Mamá me enseña una carta del colegio . Yo me estrujo el cerebro

qué habré hecho mal.

NADA... No recuerdo

haber hecho nada malo.

Pero nada de nada.

(Soy inocente).

Pero ella sigue mirándome, como diciendo

¿No pensabas contárnoslo, o qué?

Así que será que he olvidado algo.

Mamá me da la carta para que la lea.

¡AH, SÍ! Ahora me acuerdo.

Para: Padres de Tom Gates
Asunto: Feroz ataque de perro a Tom

Estimados señor y señora Gates:

Espero que Tom se haya recuperado
del feroz ataque que sufrió viniendo al colegio
el último día del curso.

¡Menos mal que tenía a mano su cuaderno
para defenderse!

Me alegro mucho de que el perro destrozara
sus deberes y no a Tom.

Les adjunto OTRA copia de la hoja de DEBERES:
escribir una reseña de una película, un libro
o un programa de televisión. Tom deberá hacerla
durante las vacaciones.

¡Esperemos que esta vez no vuelva a tropezar
con una bestia **SALVAJE**!

Muchas gracias por su colaboración.
Atentamente,

Señor Fullerman

Intento explicarle a mamá lo que me pasó escenificando todo el ataque a cámara lenta.

(¡No tenía otra opción! Eran los deberes o yo).

Pero ella no se deja impresionar. Me parece que sospecha que la historia del perro es inventada (porque lo es).

Total, que ahora me toca:

1. Hacer la reseña (¡OTRA VEZ!).

2. No utilizar perros feroces (ni ninguna otra forma de vida) como excusa para no hacer los deberes 😦.

Grrrr

3. Ordenar mi habitación
(esto lo ha añadido mamá).

Eso sí, al menos tengo

para hacer
la reseña.

Sospecho que seguramente lo dejaré
para el último momento, como por ejemplo,
la noche antes de volver al cole.
Yo soy así.

«¿AHORA?

¿Que me ponga a hacer los deberes ahora mismo? ¡Pero si tengo

DOS SEMANAS ENTERAS!».

Pero mamá me contesta: «No dejes para mañana lo que puedas hacer hoy».

Y luego añade: «Hasta que no hayas hecho los deberes no irás a casa de Derek».

Menudo

¡DESASTRE!

Ahora **sí** que tengo que pensar en algo para la reseña. Hummmm... Piensa... 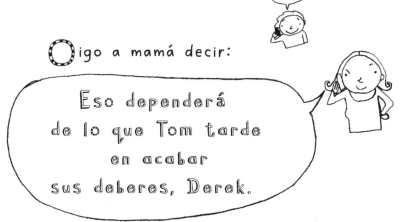, piensa..., piensa..., piensa..., piensa...

Si no se me ocurre algo ¿_YA MISMO_, mamá no me dejará salir de casa

NUNCA MÁS. Y además, por si tuviera poca ¡PRESIÓN!, Derek llama para saber a qué hora iré a su casa a ensayar.

¿Cuándo?

Oigo a mamá decir:

Eso dependerá de lo que Tom tarde en acabar sus deberes, Derek.

(Ahora sí que me ha HUNDIDO).

Mamá me manda directamente a mi habitación...

«Para que te sientes tranquilo y te concentres mejor».

(No sirve para nada).

MENTE EN BLANCO

Total, que me pongo a hacer dibujitos de los míos.

Es mucho más divertido inventarme personajes...

¡Ja! ¡Ja!

GOMA Y BORRÓN

¿Deberes sucios?

¡Pásalos a LIMPIO!

Lo ÚNICO sobre lo que podría hacer la reseña es el concierto de los DUDE3 al que me llevó papá. Ahora que lo pienso, es una idea GENIAL, porque los DUDE3 son alucinantes.

(Hasta mi profesor, el señor Fullerman, es fan suyo).

De pronto, hacer la reseña ya no es un problema. ¡Me voy pitando a casa de Derek!

RESEÑA

Por Tom Gates.

Fui a un concierto de los .

Los DUDE3 son

y quien no esté de acuerdo

es un IDIOTA al cuadrado.

Fin

Salgo corriendo de la habitación y le doy los deberes a mamá.

Hala, ya está.

Entonces llega papá, justo cuando
estoy preparando las cosas
indispensables para llevarme
a casa de Derek.
Resulta que mamá cree
que no me he tomado «en serio» la reseña,
y papá va y me dice que tengo que volver
a hacerla «COMO ES DEBIDO».

Se han pasado TRES PuEBLOS.
(Vale: reconozco que la reseña
es corta, pero sincera).

De repente, papá me da unos paquetes
de galletas.

«Son para cuando
hayas acabado la reseña.
Las necesitarás
en casa de Derek».

GALLETAS

AHORA SÍ que estoy ´MUY`

INSPIRADO.

Se me ha ocurrido una idea BRUTAL
para hacer los deberes a la velocidad del rayo.
(¡Soy un `genio!`). ☺

Bajo las e_s_c_aleras y cojo
de la estantería del salón
el primer libro que me parece lo bastante
gordo (pero no <u>DEMASIADO</u>). Mamá
me ve con el `LIBRO` y saca una conclusión:

TOM + LIBRO GORDO = DEBERES MUY CURRADOS

(Se la ve muy contenta conmigo). QUÉ BIEN...

19

El libro que he cogido
trata de... ⊙ ⊙

¡ÁRBOLES!

No pasa nada, me servirá igual.
Hay muchas cosas escritas en la contraportada
(y también dentro del libro) que me ayudarán
a escribir una RESEÑA que impresione.

Allá vamos.

GUÍA DE ÁRBOLES

Por B. Llota

Deberes ACABADOS.

¡YUPI!

Cuando aviso a mis padres, me dicen
que les LEA la reseña.

«¿Tiene que ser AHORA?». ☹

«Sí, Tom, ahora. Seguro que te ha quedado
muy bien».

(Traducción: «Queremos comprobar si esta vez
la has escrito de verdad»).

Delia está espiando detrás de la puerta de la cocina. Se la cierro en las narices y leo la reseña a toda velocidad.

POR SuERTE, me ha quedado **FANTÁSTICA** (modestia aparte).

Mis padres están contentos 🙂 (y también sorprendidos) al ver que he escrito una reseña **tan** buena y en **tan** poco tiempo.
Se la enseño *PASÁNDOSELA* súper rápido por delante de la cara.

FLISSSS

(Que no se me olvide esconder el libro de los árboles).

Mis padres me felicitan por mi capacidad

de  CONCENTRACIÓN.

Yo les digo: «Eso es porque tengo unos

PADRES
MODÉLICOS».

(Es una expresión que les he oído
a mis profesores).

Y después añado: «Los ÁRBOLES son
un tema que ME APASIONA».

(Mentira podrida).

QUÉ MONO

La cosa ha ido tan bien 🙂 🙂 que
mis padres no me hacen más preguntas peligrosas.

¡GENIAL!

(Debería hacerles la pelota más a menudo).

Ahora están de tan buen humor 😊
que les digo que otra manera de ser unos

PADRES MODÉLICOS

sería recompensar mi
ESFUERZO con algún

Por ejemplo: una paga extra...

Pero esta idea no tiene tanto éxito.

Ni hablar.

(Tenía que intentarlo).

25

VISITA

A CASA DE DEREK

Derek está contento

¡Yupi!

porque he llevado  GALLETAS.

Por desgracia 🙁, me he olvidado

de la guitarra para ensayar.

Y, peor aún, me he dejado

mi peluche especial en casa.

(A Derek no le digo nada porque un día

decidimos que los peluches especiales

eran un pelín DEMASIADO infantiles

para un par de roqueros como nosotros).

MAL

Menos mal que Derek vive al lado,

y corro a casa a recoger las dos cosas.

 Delia está sentada en el porche

con su novio macarra,

que se llama Ed (o Ted , o algo así)

y que me dice: ¿Qué pasa, Tom?

(Es todo un detalle,

y me pilla por sorpresa). Delia me grita:

¡Piérdete, pringado!

(Esto, en cambio, no me sorprende).

Entonces me doy cuenta de que Delia y Ed

están ¡AJJ! COGIDOS de la mano.

Es HORRIBLE.

Se me revuelven las tripas y entro en casa como una flecha.

Cojo la guitarra, el peluche y una selección de fotos penosas de Delia que reservaba para una ocasión MUY especial.

Parece que esa ocasión tan ESPECIAL ha llegado ya.

Delia con un orinal
de sombrero.

Delia después de
cortarse el pelo con
unas tijeras del cole.

Delia un día que
la tiré al barro
(mi foto favorita).

Delia con una
sonrisa horripilante.

Delia con pelos
y granos de bruja.

Derek se parte de risa
con las fotos **PENOSAS** de Delia.

¡Ja! ¡Ja! ¡Ja!
¡Ja! ¡Ja! ¡Ja!

Decidimos que unas fotos tan buenas
merecen ser compartidas con
MÁS gente.

Por ejemplo, con ED,

el novio de Delia.

(Tengo un plan **GENIAL**).

Ensartamos todas las fotos (y unos dibujillos extra) en la caña de pescar de Derek y sacamos nuestra obra de arte por la ventana para que quede colgando justo sobre la cabeza de Delia.

¿Eh?

El plan funciona a la perfección. Ed se parte de **risa**. No como Delia, que le pregunta si tiene monos en la cara.

Por suerte, recogemos las fotos antes de que mi hermana se entere de lo que está pasando. Ahora ya no están tan agarraditos.

¡BIEN!

(La tarde no podía empezar mejor).

LOBO ZOMBIS

Ensayo del grupo

El señor Fingle  (el padre de Derek) está rondando cerca del garaje donde ensayamos. Derek dice que no podemos empezar hasta que su padre haya desaparecido **DEL TODO**.

Eso es porque su padre se 'cree' que entiende

mucho de música, y no para de darnos consejos.

¿Sabéis que mi padre hace **EXACTAMENTE** lo mismo?

(¿Por qué los padres siempre tienen que opinar sobre música ♪ ♫ ♪?). El señor Fingle tiene una colección de vinilos y un tocadiscos en el garaje.

34

Todos los discos están en orden alfabético,
y Derek dice que su padre se pasa HORAS
limpiándolos

y mirando las portadas.

(¿No es patético?).

Siempre que queremos ensayar,
el señor Fingle aparece de repente
y dice cosas como:

> Aprended, chicos: ♩
> ESTO sí que es música.

O también:

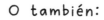

> En mi época sí
> que se hacía BUENA
> música... bla, bla, bla.

$\mathbb{D}$erek me avisa:

«Si mi padre te dice

"Tom, ¿conoces a este grupo?",

tú dile que  SÍ».

 ¿Y si le digo que NO?, le pregunto.

«Te obligará a escuchar discos **VIEJOS**

y **CUTRES** TOOOODO EL DÍA.

Tú hazme caso: dile que  SÍ y haz

como que ya conoces al grupo».

 VALE,

le digo.

Todavía sigue aquí.

Esperamos hasta estar seguros de que el señor Fingle ha desaparecido antes de empezar a ensayar.

Si ALGÚN DÍA queremos ser como los DUDE3 (el *MEJOR grupo del mundo), tenemos que aprender más canciones.

Ahora mismo, la ÚNICA que sabemos tocar entera (y con bastante esfuerzo) es

DELIA ES UNA PETARDA,

que más o menos dice así:

Delia es una petarda

¿Quién es esa petarda
que va por ahí?
¡Vete, aléjate de mí!
Ropa **negra**,
pelo grasiento.
No tiene corazón,
lo presiento.

ESTRIBILLO
Delia
es una PETARDA.
Delia
es una PIRADA.
Delia
es una PETARDA.
Delia
es una PRINGADA.

¡Cuidado con esa vacaburra!
No te acerques,
¡ni se te ocurra!
Sus gafas de sol
no pueden ocultar
¡que apesta a choto,
apesta a rabiar!

ESTRIBILLO

A Delia le encanta
la canción.

Derek me toca una canción que se llama

WILD THING

(es un tema clásico que le ha enseñado su padre).

¡ES ALUCINANTE! Pero me parece que, para tocarlo bien, necesitaríamos otro miembro en el grupo.

No creo que Derek pueda seguir tocando la batería y el teclado a la vez.

Derek está de acuerdo.

TROPEZÓN

Estamos hablando
de cómo podríamos
encontrar otro miembro
para el grupo cuando
de repente aparece
el padre de Derek.

ANUNCIO EN LA TELE

CARTEL

ENORME ✓

¿ESTÁIS BUSCANDO OTRO MIEMBRO? ¡YO ESTOY LIBRE!

Derek le dice: «Ahora no, papá», pero el señor Fingle se hace el loco.

«¿Qué estáis tocando, chicos?».

«WILD THING», señor Fingle,

le contesto. Derek me mira como diciendo: «¿Cómo se te ocurre decirle ESO?».

«"Wild Thing". Bien pensado, chicos. ¿Verdad que te la enseñé yo, Derek?».

Derek no le contesta. Quiere que se vaya ya, pero no hay manera.

AHORA NO, PAPÁ

«¿Sabéis quién tocaba esa canción?»,

pregunta el señor Fingle.

(En mi cabeza oigo la advertencia

de Derek).

 Por eso, contesto... «S Í».

Y el señor Fingle dice :

«Ah, ¿sí? ¿Sabías que los Wild Ones la grabaron

en 1965, pero que la versión más famosa

es la de los **Troggs**?».

La cosa se lía...

El señor Fingle me pregunta:

«¿Conoces a los **Troggs**, Tom?».

Durante una décima de segundo, olvido
la respuesta correcta (porque ya he dicho
que SÍ antes y no quiero contarle más mentiras).
Por eso, acabo diciendo:

NO, señor Fingle,
no conozco a los Troggs.

¡Error! Ya tiene la excusa que buscaba.

Se dirige hacia su colección de vinilos
para ponernos la versión clásica
de *Wild Thing*. Derek hace
una mueca y me propone
que nos piremos.

Oh, no...

«Si nos vamos, no se dará ni cuenta», dice Derek.

Y tiene razón.

Derek y yo nos pasamos el resto de la tarde charlando sobre

las fotos patéticas ➡️ de Delia (y nos damos una PANZADA de reír).

A mí se me ocurre la GENIAL idea

de volver a casa un momento y colgar MÁS fotos en lugares estratégicos sin que Delia se entere.

Fotos patéticas + Derek y yo = la monda

También acaba saliendo el tema del bigote de la señora Worthington, una profesora del colegio.

Empieza a hacerse tarde ☾ y estoy muy cansado, pero no quiero ser el primero en irme a dormir porque prefiero esperar el momento adecuado para sacar mi peluche.

Entonces, Derek dice que «SOLO POR HOY» usará su peluche  de COJÍN

porque así duerme mejor.

Yo le digo: «¡Qué BUENA IDEA!», y saco también mi peluche

Nos zampamos unas galletas...,
luego unas cuantas más..., y al final
nos quedamos sobados zzzzzzzzzzzzzz

¡OLÉ!

ES FIESTA

$\mathbb{D}$e momento, mis vacaciones son GENIALES y no echo 'nada' de menos el colegio. $\mathbb{M}$e entretengo haciendo COSAS muy  como:

☺ Pensar en escondites [NUEVOS]

para las gafas de $\mathbb{D}$elia.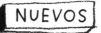

☺ Ir a casa de Derek.

☺ Escuchar a los  y ensayar
nuevas posturas de ESTRELLA DEL ROCK.

☺ Dibujar sin parar.

Un juego que me he inventado...

Hago un garabato

y lo convierto en un dibujo original.

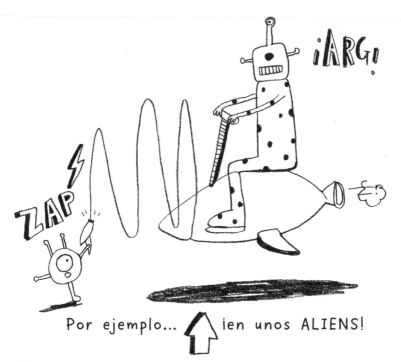

Por ejemplo... ↑ ¡en unos ALIENS!

Este juego es muy útil cuando estoy
en una clase ABURRIDA ⊖ ⊖ y quiero hacer
como que estoy MUY concentrado.

← (Y con esto, ¿qué hago?).

Estoy muy satisfecho, y tengo 😊
UN MONTÓN de ideas para dibujar
cuando aparece papá y me interrumpe.

¿Estás preparado?

«¿Para qué?».

«¿No te acuerdas? Hoy vas a pasar
la tarde en casa de tus primos».

«¿Por qué?».

«Porque tu madre y yo tenemos
que trabajar. Solo serán unas horas».

«¿Y no puedo ir a casa de Derek?».

«Hoy los Fingle se van
de compras».

grrr

«¿Y qué hay de los ?».

«¿Te refieres a los abuelos?
Hoy salen».

«Entonces me quedaré aquí con Delia».

«Sí que estás desesperado, Tom...
Ella también estará fuera. Lo siento, pero tendrás
que ir con tus primos. Y más vale que no hagas
ninguna burrada... como la última vez».

(¿Y qué hay de los fósiles? «Hoy salen»).

AJJJJ... Me parece que no tengo

otra opción. Y, encima, papá añade:

«Ah, y **NO** le digas **NADA** de mi cumpleaños

al tío Kevin ni a la tía Alice.

Este año no quiero sorpresas».

¡Sorpresa!

El último cumpleaños de papá

«Vale».

«Y no les cuentes cuántas multas de aparcamiento

me han puesto... El tío Kevin no tiene

por qué saberlo».

«Vale».

Pues sí que hay cosas que **NO** puedo contarles a los tíos. No sé si me acordaré de todas.

multas de aparcamiento, cumpleaños,

La última vez que fuimos a su casa, el tío Kevin no paró de hacerle preguntas a papá sobre su trabajo. Y papá le soltó:

«Resulta que me he trasladado a un despacho NUEVO que es fantástico y que está mucho más cerca de casa. Ahora pierdo menos tiempo en desplazamientos, y es mucho más práctico».

Y yo salté...

Papá tiene el despacho en el JARDÍN...
Es una cabaña.

¡Y es VERDAD!

Pero papá me lanzó
una de sus miradas, como diciendo:

«¿Quién te ha mandado abrir la boca?».

Al menos no dije nada de la lata
de galletas que guarda en la cabaña,
porque sé que es un secreto.

A veces, mis primos me gastan bromas.

 Je Je Je Je

Y no todas tienen gracia.

Esta, por ejemplo, fue una faena:

Pasé MUCHA vergüenza cuando la tía Alice siguió las pisadas de chocolate hasta llegar adonde yo estaba.

(UN motivo más para no querer ir a casa de mis primos).

Total, que me estoy preparando

para irme (sin prisas) cuando aparece Delia

y me dice:

«Ya que vas a casa de los primos,

¿podrías hacerme un favor?».

«¿Qué favor?».

«NO VUELVAS... NUNCA».

DE REPENTE, se me ocurren

unas cuantas ★BUENAS★ razones

para ir a casa de mis primos:

1. Me libraré de Delia al menos un rato. ☺

2. En su casa tienen MONTONES

de pasteles

y galletas.

3. Y tienen  **TELES**

ENORMES por toda la casa.

4. Y unos

EXTRA GRANDES  SOFÁS SÚPER CÓMODOS

No suena nada mal, ¿verdad? ☺

Por el camino, papá está preocupado porque no sabe si tendrá suficientes monedas para el parquímetro. No está de buen humor.

Me dice:

«No vuelvas a pisar chocolate...».

(¡Pero si fue culpa de los primos!).

«Y no rompas nada que sea caro».

«El tío Kevin dice que,

en su casa, TODO es caro».

Este cojín
es muy caro.

«¿Eso dice? Mira,

Tom, que una cosa sea CARA no significa

que sea mejor, ni que sea de BUEN GUSTO»,

dice papá mientras nos acercamos

a la ENORME casa del tío Kevin.

Papá se anima al ver que el tío
ya se ha marchado en su coche.
«Podré aparcar gratis», sonríe.

La tía Alice abre la puerta y nos dice:

«El tío se os ha escapado por un pelo». ¡Entrad!

Y papá le responde:
«¡Qué LÁSTIMA! Queríamos venir antes, pero no hemos podido».

(Mentira podrida).

Después, papá le da las gracias por cuidar de mí y promete no tardar mucho . ¡ADIÓS!

Yo me voy con los primos, que están comiendo galletas en la cocina.

 (¡Esto pinta bien!).

Pero no parece que quieran compartirlas conmigo.

Total, que abro el armario de la cocina (que está LLENITO de cosas para picar). Los primos me dicen que coja lo que quiera.

«Eres nuestro invitado. Coge esas galletas... Te gustarán».

¡GENIAL!

(Sería de mala educación rechazarlas).

Pillo ⟹ UN MONTÓN ⟸ ME LLENO

de paquetes y también
los bolsillos.

Es un montón tan alto que no veo ⊙ ⊙
por dónde voy. Los primos me ayudan
dándome indicaciones.

«Adelante».

«Adelante».

«Sigue...».

«Sigue... SIGUE... ¡HUY!».

¡PÀTAPLÓFFF!

Me he dado

DE NARICES

con la tía Alice.

 Ella me dice que deje
los paquetes
donde los he encontrado.
(Me parece que mis primos
me han tomado el pelo). Solo puedo quedarme
con una galletita y una bebida. No está mal,
porque al menos podré hacerles a mis primos
la «bromita del envoltorio vacío».

Me encanta porque

SIEMPRE PICAN.

(Me parto).

Cuando los primos se han cansado de mi broma del envoltorio vacío, les propongo ver la tele.

«¡BUENA IDEA!»», exclaman.

«¿Os apetece ver una peli DE RISA?»»,
les pregunto. Pero ellos quieren ver una

DE MIEDO (lo que NO es mi manera ideal
de pasar la tarde).

Eso es por culpa de Delia .
Cuando era pequeño,
me hizo ver

LA CASA DE LOS OJOS MORTALES.

Se divirtió un montón viéndome DAR BOTES.
(Yo no).

Ja, ja...

Pero a mis primos no les digo que no me gustan NI PIZCA las pelis DE MIEDO.

Lo que les digo es...

«Elegid VOSOTROS».

Y ellos eligen...

LOS VAMPIROS PELUDOS DEL PANTANO DEL INFIERNO

(Espero que no dé mucho miedo...).

Pero **NANAY**, sí que da.

Esta peli es la <u>más</u>

que he visto 😐 😐 JAMÁS. Para soportarla,
tengo que pasarme casi todo el rato escondido
detrás de un cojín. Sin embargo, ¡mis primos
no paran de REÍR!
La peli les hace
muchísima gracia. (A mí, ninguna).

Qué ganas tengo de que se acabe...

La tía asoma la cabeza y dice:

> ¡Parece que os lo estáis pasando bien!

«¡Ya te digo!», le contesto yo.

Cuando se acaba la peli, mis primos proponen ver OTRA. (¡Oh, no!).

«Pero una que dé MIEDO DE VERDAD».

(¿Una que dé miedo DE VERDAD? Pero ¿qué están diciendo?).

Genial, ahora sí que tendré que pasarme TODO el rato con los ojos CERRADOS ⟶ ⟵.

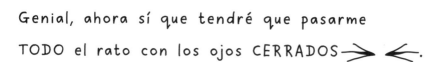

Al final deciden poner:

ESCARABAJOS VAMPIROS CONTRA ALIENS GIGANTES

Vuelvo a esconderme detrás del cojín.

Pero no me sirve de mucho.

A pesar del cojín, oigo todas las cosas
terroríficas que pasan en la peli.
Por suerte, papá viene a buscarme
antes de lo previsto.

¡BUF!

¡ESTOY SALVADO!  ¡Bravo,
BRAVO!

Sin embargo, delante de mis primos
hago como que me da MUCHA pena
no ver la peli hasta el final. (MENUDA TROLA).

«Bueno, el próximo día que vengas», me dicen.
(Espero que no).

La tía Alice le dice a papá que he sido «muy bueno».

Por alguna razón, papá le pregunta: «¿No ha manchado la moqueta de chocolate ni ha roto ninguna antigüedad?».

(Gracias por el recordatorio, papá).

«Nada, ningún desperfecto. Pero, hablando de antigüedades..., ¿no caía pronto tu cumpleaños, Frank?».

Y oigo a papá contestar: «Qué va, todavía faltan SIGLOS para mi cumpleaños».

Yo digo que no, que su cumple es LA SEMANA QUE VIENE. (¿Cómo puede no saberlo?).

La tía Alice SE EMPEÑA en que

lo celebremos todos juntos.

«Como el año pasado.

Será DIVERTIDO».

(Regalo de cumple de papá del año pasado).

Parece que a papá no le entusiasma

la idea. Está buscando desesperadamente

alguna excusa para decir que no,

cuando de repente llega

el tío Kevin.

Ya estoy
en casa...

«¡Frank! Espero que hayas pagado el parquímetro.
Hay un vigilante mirando tu coche».

Por la manera en que papá
sale *DISPARADO*
por la puerta, yo diría
que no lo ha pagado.

Todos lo seguimos a la calle.

Papá está TAN ENFADADO
que suelta unas cuantas
palabrotas, y el tío Kevin
mueve la cabeza, disgustado.

E ntonces yo le digo que ÉL también

estaría ENFADADO

si ya tuviese DIEZ

multas de aparcamiento, como papá.

Y ahora papá se ha enfadado CONMIGO
por haber dicho cuántas multas tiene.

¡Como si fuese CULPA MÍA!

Papá se pasa DE MORROS todo el camino
de vuelta. Pero eso no es NADA
comparado con la cara que pondrá
MAMÁ cuando se entere:

¿Que has hecho qué?

En resumen:

1. **P**apá tiene **OTRA** multa
de aparcamiento 📄 (y ya van once).

2. **N**os hemos <u>comprometido</u> a cenar en casa
de los tíos por el cumpleaños de papá.

3. **H**e visto *Los vampiros peludos
del pantano del infierno*
(o más bien la he escuchado).

Me parece que voy a pasar una buena temporada
sin ir a casa de los primos; o sea,
que no podré ver el final de

ESCARABAJOS VAMPIROS CONTRA ALIENS GIGANTES.
(¡BIEN!).

De noche, me despierto con un *DOLOR* de muela ¡Ay! ESPANTOSO.

Voy al cuarto de baño para echarle un vistazo.

Tiene mala pinta.

Hay un GRAN agujero negro en el medio.

¡Oh, no!

Grrrr...

AGUJERO

Me cepillo los dientes, deseando ☺ que el agujero se cierre y desaparezca.

Pero no.

De hecho, ME DUELE todavía más.

Eso significa que TENDRÉ que ir al DENTISTA.

GRRRR...

$$\text{🍬} + \text{🦷} = \text{☹}$$

Si mamá se entera de que tengo una muela picada, no me dejará comer NINGÚN tipo de dulce durante una temporada.

Y JAMÁS en la │vida│ me dejará llevar chuches a casa de DEREK.

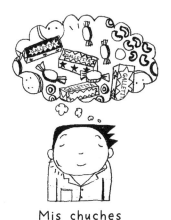

Mis chuches

Las chuches de mamá

Demasiado tarde.

Mamá debe de haberme oído

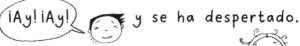

¡Ay! ¡Ay! y se ha despertado.

Me estoy tocando la muela cuando oigo que llama a la puerta del baño. Le digo que no puedo dormir porque me duele la cabeza. Y que tengo pesadillas por haber visto la peli de **MIEDO** en casa de los primos.

Pobre Tom...

Mamá me da una pastilla (que, milagrosamente, hace que desaparezca el dolor de muela). Vuelvo a la cama e intento dormir un poco.

zzzzzzzzz

Pero, a la mañana siguiente,
el dolor de muela ha VUELTO.

¡Je, je, je!

Y, por si no hubiera tenido suficiente...

... lo primero que me suelta DELIA es:

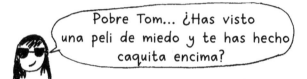

Pobre Tom... ¿Has visto
una peli de miedo y te has hecho
caquita encima?

GENIAL... Mamá debe de haberle dicho

que me he despertado esta noche. Y, además

de llamarme cagueta, ahora Delia se dedica

a aparecer por detrás

de mí, a gritar

¡Buu!

y a ponerme los pelos

de punta.

Para animarme, hago un dibujo.

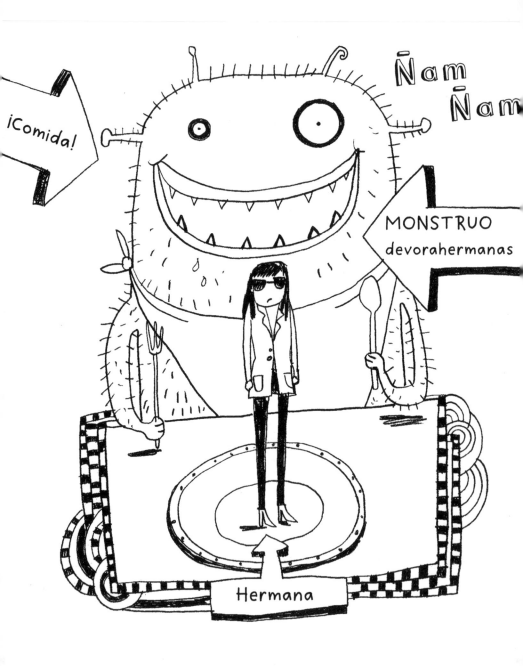

Estoy tomándome el desayuno por el lado de la boca que no me duele (¡y sin babear!) cuando viene Derek y me pregunta si quiero ir a nadar.

(Eso me podría [ayudar] a distraerme del dolor de muela).

Le digo que SÍ y cruzo los dedos. Al menos, allí no estará Delia para chincharme.

Adivinanza: ¿Qué es peor: Delia o el dolor de muela?

Solución: Delia, porque el dolor de muela se acabará yendo.

LA PISCINA OH, oh...

Me quejo ¡ay, ay!

por el camino porque

todavía me DUELE la muela.

Derek me pregunta

qué me pasa. No le digo nada de la muela.

Espero que el agua en la cara me CALME del todo

el dolor.

Además, Derek dice que tiene CHUCHES

para después de la piscina y que me dará.

Por eso, le digo que me estaba quejando

porque Delia me ha dado un EMPUJÓN

y me ha hecho daño en el brazo.

(Cosa que es verdad..., palabra).

Derek se alegra mucho ☺ de no tener

una hermana, como yo.

Prefiero a mi perro.

La piscina está muy llena. Hay unas chicas de clase:

AMY
(que se sienta a mi lado).

Indrani

Y Florence

Amy es la chica más lista del colegio, y es una suerte, porque de vez en cuando puedo echar un vistazo 👁 👁 a sus ejercicios.

Las chicas están nadando y charlando,
y no nos han visto.

Derek y yo decidimos hacernos los duros.
Solo les diremos  si ellas nos saludan
primero.

(Este plan me gusta).

Vamos a cambiarnos. Cojo mi bolsa

y la revuelvo entera

buscando mi bañador azul.

No lo encuentro POR NINGÚN SITIO.

Tengo la "TERRIBLE" sospecha de que me lo he dejado en casa (y así es).

A Derek se le ocurren dos ideas:

1. Podría nadar en CALZONCILLOS. (Eso ni loco).

2. En su bolsa tiene un bañador VIEJO que me puede prestar.

Le digo: «BUENA idea». Al menos, ahora podré nadar.
Derek me pasa el bañador por debajo de la puerta del vestuario.

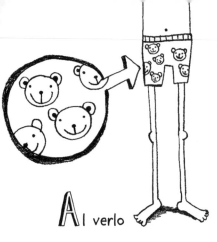

Al verlo ⊙ ⊙̀ , me quedo de piedra.
El estampado de ositos 🐻 me hace pensar
que Derek debía de tener como CUATRO años
cuando se lo puso por última vez.

Es bastante corto ↕ , así que tendré
que taparme con la toalla hasta el ÚLTIMO
momento. Me lanzaré rápidamente a la piscina
y así no lo verá nadie.

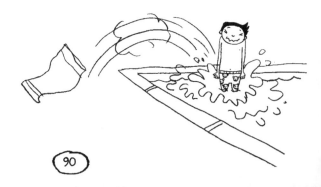

Derek y yo nos zambullimos
y hacemos unos cuantos largos.
Es muy divertido ☺.

(Gracias a eso, me olvido del dolor de muela
🦷 ... o casi).

Amy y sus amigas no nos han visto aún,
pero **Norman** sí ☉ ☉.

 Nos está saludando
como un **LOCO**
desde la otra punta
de la piscina.
Está con su hermanito,
que es clavado a él, pero más pequeño.
Se vienen con nosotros, y me parece genial,
porque ahora podremos jugar al **TIBURÓN**
todos juntos.

Derek ➡️ 😊 será el primero en hacer de **TIBURÓN**.

Se pone a nadar y enseguida me atrapa. Ahora me toca a mí hacer de **TIBURÓN**.

¡SSSÍ!

Veo a Norman (que se esconde fatal) y nado deprisa para atraparle. Ahora, Norman es el **TIBURÓN**. Nunca le había visto nadar, y por eso me sorprende un poco su estilo

¡CHAAAF!

La verdad es que no nada, sino que chapotea haciendo...

¡CHIIIF!

Y

¡CHAAAAAF!

Y

¡CHOOOOOOOOF!

Da patadas y manotazos en el agua,

haciendo unas olas **ENORMES**

en la piscina. Chapotea y salpica TANTO,

que la socorrista lo ve, toca el silbato

y nos grita:

¡TODOS FUERA DEL AGUA!

La socorrista se tira de cabeza a la piscina

y «rescata» a Norman (que **no** se estaba

ahogando, sino que estaba nadando

FATAL).

Nos quedamos todos mirando en el borde

de la piscina (también Amy, Florence e Indrani).

Cuando Norman le explica a la socorrista que ese es su «estilo particular de natación», ella nos dice:

«Si no paráis de salpicar como LOCOS, os vais todos A LA CALLE».

Pasamos MUCHA vergüenza.

Para REMATARLO, Amy se me acerca y me dice:

«Me gusta tu bañador de ositos, Tom».

(Oh, no... Me había olvidado del estampado horrible del bañador 🐻).

Oigo las risitas de Florence y de Indrani.

Salto rápidamente a la piscina para esconderme.

Alfi, el hermanito de Norman, salta también al agua. Quiere que echemos una carrera.

Es un enano , y no quiero hacerle quedar mal.

Por eso, decido dejarme ganar.

¡UNA CARRERA!

¿Cómo iba a saber yo que el «estilo» de natación de Alfi era aún

PEOR

que el de Norman?

(La socorrista ya ha tenido bastante chapoteo por hoy).

Ha sido un baño corto, pero al volver a casa
me doy cuenta de que el dolor de muela
ha desaparecido del todo.

¡ESTOY CURADO!

Al final no va a hacer falta que vaya
al dentista.

¡GENIAL!

AGUA + CHAPOTEO = MUELA CURADA

Lo celebro cogiendo un dulce pequeñito
que me ofrece Derek.

¡AAAAAJ!

(¡Grave error!).

ÚLTIMO DÍA DE VACACIONES

Mala noticia...

La muela  me duele más que nunca.

No me puedo creer que las vacaciones

hayan pasado TAN RÁPIDO y que

mañana tenga que volver al colegio.

¡Oye! Si le digo a mamá que me duele

la muela, puede que me libre de ir a clase.

Pero ese plan tiene cuatro fallos:

1. Ir al DENTISTA.

2. Que me hurguen la muela.

3. No comer CHUCHES ni nada dulce durante mucho tiempo.

4. Tener que recuperar las clases perdidas.

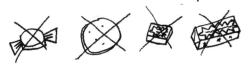

Y los deberes.

Para olvidarme del dolor de muela, decido hacer unos dibujitos.

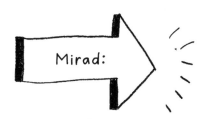

Mirad:

... Pero NO se me pasa el

DOLOR DE MUELA.

(Grrr).

¡Ya sé! Haré un cartel bien GRANDE ↕
para los LOBOZOMBIS.

Está claro que Derek y yo necesitamos
una batería 🥁 en el grupo. Mañana podemos
colgar un cartel en el tablón de anuncios
del cole.
Así, todos se FIJARÁN.

(Al menos en teoría).

No ha quedado mal.

(Pero la muela todavía me duele).

VUELTA AL COLE

Hoy me cuesta más que nunca salir de la cama.
(He dormido mal  porque la muela todavía
me duele). Las clases empiezan dentro de media hora,
y tengo un MONTÓN de cosas que llevar al cole:

☺ LA COMIDA

☺ LA RESEÑA

importante ☺ EL CARTEL DEL la BATERÍA ☆

☺ LA ROPA DE GIMNASIA

(Si se me olvida, tendré que echar mano
de la ROPA DE REPUESTO).

NO

ROPA DE
REPUESTO

Desayuno despacio, masticando

por el lado bueno.

Mamá me dice  ¡Espabila!

Se cree que tengo

un ataque de «vaguitis».

«Es típico del primer día de colegio».

Delia dice : «Padece el

SÍNDROME DEL HERMANO INSOPORTABLE».

(La insoportable es ella).

Papá me pregunta: «¿Tienes la comida?
¿Tienes los deberes?».

«¿Tienes lombrices?», salta Delia .

Normalmente me defendería con una respuesta **DESTERNILLANTE** . Pero creo que el dolor de muela me ha averiado esta parte del cerebro

... de momento.

Parte ingeniosa del cerebro

Derek y yo llegamos un pelín tarde al cole. Intentamos darnos prisa mientras le enseño el

SÚPER CARTEL.

:‿) Le ha gustado mucho, y se ofrece a colgarlo él mismo.

«A ti se te olvidará», me dice.

(Es la cruda realidad).

En clase, todo sigue como siempre.

Marcus consigue hincharme las NARICES

D O S segundos después de sentarse

a mi lado.

Se levanta el jersey y me enseña la camiseta.

¡No me lo puedo creer!

¡Lleva una camiseta especial de los DUDE3

firmada por TODO el grupo!

«Es NUEVA, y las firmas están cosidas

para que nunca se borren».

«Qué *shuerte*», le digo.

(La muela me duele tanto que me cuesta hablar bien).

El señor Fullerman empieza a pasar lista, y cuando dice mi nombre, contesto:

«Preshente».

Él se piensa que me estoy haciendo el gracioso. ¡Ja! ¡Ja! (Pero no).

Toda la clase se echa a reír, y el profe levanta la vista del cuaderno.

Me clava unos ojos como PLATOS.

Me dice:

«TOM, espero que hayas hecho la RESEÑA que me debías. Has tenido dos semanas para escribirla. Y una carta de recordatorio».

Y yo le digo: «Hummmmm...» (para ganar tiempo y pensar).

¡Porque no me puedo CREER que me la haya dejado en casa!

Esto es lo que TENDRÍA que haberle dicho al señor Fullerman:

«Lo siento mucho. Sí que he hecho la reseña, pero me la he dejado en casa. Mañana la traeré».

Lo siento...

Pero, por algún motivo INEXPLICABLE, esto es lo que acabo diciendo:

«Mi padre ha pillado un VIRUS  FULMINANTE estas vacaciones, y después lo hemos pillado TODOS . El médico dice que es un virus MUY contagioso, y que podría estar por TODAS PARTES, incluido el papel en el que he hecho la reseña.

Y ahora voy a tener que volver a escribirla

en un papel SIN **VIRUS**,

por si acaso.

Mañana la traeré,

lo prometo».

(¿Por qué he dicho eso? ¿Por qué? ¿Por qué?).

El señor Fullerman dice:

«Tom, ¿qué te pasa en la boca?».

Porque esto es lo que he dicho *en realidad:*

«Reshulta gue...

bi badre ha billado un
 fudminante
eshtash vacashionesh, y deshpuesh
lo hemosh pillado DODOSH. Er bédico dishe
gue esh un virush buy gontagiosho, y gue bodría
eshtar por DODASH BARTESH, ingluido er babel
en er gue he hesho la resheña.

Y ahora voy a dener gue vorver a eshcribirla
en un babel SHIN VIRUSH, bor shi acasho.
Bañana la draeré, lo brometo».

Haciendo un esfuerzo, le digo:

«Be duele unah buela..., bero eshdoy bien».

El señor Fullerman me mira con cara

de no fiarse. Sigue pasando

lista, pero sospecha que me traigo algo

entre manos.

(¿Qué se cree, que lo hago aposta?).

Amy y Marcus se han apartado de mí porque he dicho la palabra **VIRUS** muchas veces.

«¡Tengo dolor de muela, no un VIRUS!», le digo a Amy.

(Así, igual consigo que me diga «pobrecito»).

Pero ella no me hace ni caso. Se ha quedado mirando la puerta.

«Tom, ¿ese que está haciendo señas es tu padre?».

¿MI PADRE? ⊙ ⊙

Levanto la vista y veo a alguien
que podría ser mi padre...

SÍ, ES MI PADRE.

Está agitando mis deberes arriba y abajo
para llamar mi atención. Parece que esté
espantando moscas. (Grrrrr).

Ahora **TODOS** están MIRANDO

a papá, incluido el señor **F**ullerman, que va

hacia la puerta. Se le ve un pelín **MOSCA**

por la interrupción.

Papá le dice algo...   ¡Ja!

¡y LOS DOS se echan a **REÍR!** ¡Ja!

¡Ja!

¡Ja!

¿QUÉ les hará tanta gracia?

(Acabaré pasando vergüenza,

lo estoy viendo).

El profe coge los deberes y papá le hace una señal con los pulgares.

(Y el resto de la clase, mirando).

Entonces, el señor Fullerman entra en clase y dice delante de | TODOS:

«Tom, tu padre ha tenido la amabilidad de pasarse a traer tu reseña. También me ha asegurado que tanto él como tus deberes están completamente libres de VIRUS. Seguro que TUS COMPAÑEROS se alegrarán MUCHO de saberlo».

(Ya decía yo que acabaría pasando vergüenza...).

Al menos ahora el señor Fullerman
tiene mis deberes..., supongo.

Espero que el día mejore.
(De momento, no promete demasiado).

Qué horror.

La muela me **duele** TANTO

que no puedo ni concentrarme...

¡Ay!

El señor Fullerman dice que la cara

SE ME HA HINCHADO

MUCHÍSIMO. Me envía

directamente

a la enfermería...

Mala pinta

De camino a la enfermería,
paso delante de unos niños pequeños
que me miran espantados,
como si hubiesen visto un MONSTRUO.

Hasta la señora **M**ega,  ¡Ay, pobre Tom!

de la secretaría, parece preocupada,

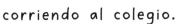 ¿Qué ha hecho ESTA VEZ? y llama a papá enseguida.

Justo acababa de llegar a casa,

y ahora tiene que volver

corriendo al colegio.

La muela 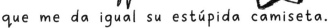 me duele TANTO

que me da igual su estúpida camiseta.

Papá pide cita de urgencia

al dentista y vamos

directamente para allá.

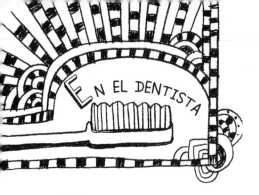

EN EL DENTISTA

Muchos dentistas, para que estés a gusto ☺

y relajado , ponen cosas como

acuarios y música tranquila ♩ ♩ ♪

(para tapar el sonido del

TALADRO).

Pero mi dentista no es como los demás.

En la pared tiene un cocodrilo metálico

TERRORÍFICO con dientes afilados.

Y también pósters de caries

y enfermedades de las encías.

(Supongo que con todo eso nos quiere decir algo).

124

El dentista, el doctor Ries, me echa

un vistazo y dice:

«Mmmm. Esto tiene

mala pinta, muchacho».

(Como si yo no lo supiera ya).

Y entonces se pone a hurgarme la muela con una

de esas horribles cosas ganchudas.

«¡¡ARGH!!», chillo, y él me pregunta:

«¿Te duele?».

(¡SÍ que me duele! ¡Y MUCHO!).

Una vez, cuando era pequeño, MORDÍ

a un dentista.

Y ahora mamá se cree que todos tienen un

aviso en mi historia médica que dice:

AVISO
TOM GATES

NOMBRE: TOM GATES

PELIGRO

ESTE NIÑO MUERDE

TOMEN PRECAUCIONES
EXTREMAS
CUANDO TRATEN A ESTE NIÑO,
PORQUE PUEDE SER
PELIGROSO E IMPREVISIBLE.

¡VAYAN CON CUIDADO!

El doctor Ries me lo explica TODO
antes de hacer nada (por si me pongo agresivo).

 Me dice:

«Si te duele, levanta la mano».

Yo levanto la mano (y eso que todavía no ha
empezado).

Ayyyy... (ahora sí que ha empezado).

$\mathbb{A}$guanto todos los pinchazos, taladros
y empastes cerrando los ojos →‹ ›‹
muy fuerte y pensando en diversas maneras
de vengarme de todas las bromas de Delia.

Cuando los abro, veo un móvil muy
INQUIETANTE colgando del techo.

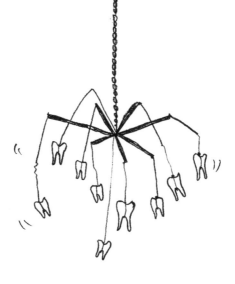

¿Es posible que sea un móvil de muelas?

Sí, es un móvil de muelas.

El doctor Ries lo señala y dice:
«Eso es lo que pasa cuando NO te lavas los dientes».

Es de lo más siniestro.

Cuando todo ha acabado, me quedo MUY tranquilo. ☺

Tengo la cara como muerta,

y el agua que me ha dado

el doctor Ries para enjuagarme me gotea de la boca.

baaabas

Papá dice que he sido MUY valiente.

Le digo que sí ☺,

y que puede que me merezca un regalito.

De repente, el doctor Ries decide darme unas

«pegatinas especiales».

(No es lo que yo entiendo por un regalito, pero supongo

que una GOLOSINA

sería pedir demasiado).

Curiosa colección de pegatinas.

De vuelta a casa, pasamos por la farmacia a comprar unas pastillas (para evitar que la cara se me vuelva a HINCHAR).

A papá le encantan las pegatinas. Le parece TRONCHANTE que mi dentista se llame K. Ries...

«¡Un dentista que se llame K. RIES! Parece DE BROMA», dice.

Yo no sé por qué le hace tanta gracia.

Al final, papá me da un regalito: un cómic. Cuando llegamos a casa, mamá también me trata muy bien. Pero Delia, no. ¡Ja!

¡Ja!

Ella me hace la bromita
de ofrecerme CHUCHES.

De repente, me dice:
«Ay, perdona, no me acordaba
de que has ido al dentista.
¡Ja! ¡Ja!».

Mamá ve cómo Delia me tortura y le dice
que se vaya. (Así me gusta: largo, Delia).

Mamá me dice que me puedo tomar la cena
(fácil de masticar) en el sofá con una bandeja,
para poder ver la tele sin que Delia me moleste.

Qué gusto.

espués de cenar, papá me recuerda
que me tome la pastilla. Miro el bote
Y POR FIN entiendo por qué le hacía
tanta gracia el nombre del dentista...

Doctor K. Ries.

Doctor *Caries.*

Me parto.

VUELVO al cole

Esta mañana, mamá me dice que ya estoy lo bastante recuperado como para volver a clase, por mucho que ponga «cara de pena». (Valía la pena intentarlo).

Al menos, me da un justificante (AUTÉNTICO) que dice:

> Le escribo para pedirle que Tom no vaya a clase de Educación Física hoy, porque se está recuperando de un problema de caries que ya está prácticamente arreglado.
>
> Atentamente,
> Rita Gates

Me entran ganas de cambiarlo por...
TODA LA SEMANA, o bien TODO EL MES.
(¿Lo hago?).

E
n el colegio, explico a mis compañeros cómo ha sido mi **TERRIBLE** y **MORTAL** experiencia en el dentista.

«El dentista tardó ~~una~~ ~~dos~~ ~~tres~~ SIETE HORAS en arreglarme la muela, y su ayudante estuvo a punto de *DESMAYARSE*».

Eso les ha dejado muy impactados.

Entonces añado: «El dentista dice
que he sido muy, muy valiente».

(Esta parte es verdad).

Norman nos cuenta que una vez se le quedó
la cabeza ➡ atrapada ⬅ en una verja,
y que tuvieron que ir los bomberos
a rescatarle.
(¿Por qué será que no me extraña?).

Mi amigo ARMARIO

(que en realidad se llama Armand) nos enseña
los puntos que le dieron en el brazo
una vez que se cayó de la bici.

Es como una cremallera muy larga.

Una vez, Derek se quedó atascado
en una gatera.
(¡Eso no me lo había

        contado NUNCA!).

oh-oh

Entonces, Mark se sube la pernera
del pantalón y nos enseña dos puntos
que tiene en la pierna.

«¿Qué es eso?», le pregunto.

«Una mordedura de serpiente», me contesta.
Todos nos acercamos a mirarlo.

¡UAUU! humm

Marcus hace

como que no

le parece nada

del otro mundo.

Nos dice:

«Bah, eso no es nada. A mí me ha mordido
mi nueva mascota».

«¿De verdad? ¿Tú también tienes
una serpiente?», le pregunta Derek.

«Mi mascota es MUCHO más
que una serpiente».

«¿Y qué es? ¿Algún tipo de mega

ARAÑA?»,  ⊙⊙ le pregunto.

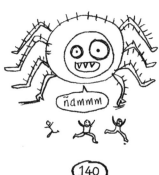

ñdmmm

«Tengo un perro **MUY GRANDE**.

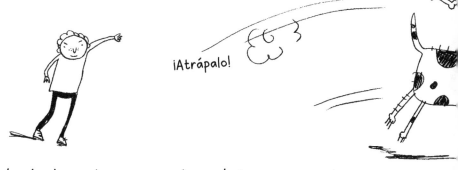

¡Atrápalo!

Todavía lo estoy amaestrando».

«Pero... ¿cómo es de grande?».

«ENORME... y bastante SALVAJE.

Tuve que luchar con él, y fue entonces cuando

me mordió... Me dejó una buena cicatriz».

«Enséñame la cicatriz, porfa»,

le pide Norman.

«No, todavía me duele **MUCHO**».

Marcus se da la vuelta y se va

andando con un poco de cojera.

Cojera
FALSA

(Me parece que es una trola).

«Os digo una cosa: si yo fuese
un perro, también mordería
a Marcus», comento.
Derek piensa lo mismo.

De repente, el señor Keen (el director) sopla
el silbato para que entremos en clase y todos
pegamos un BOTE.

¡PIII! Cada vez que sopla,
la cara se le pone más roja.
Ahora la tiene como un TOMATE.

¡PIII!

Y justo entonces me acuerdo de que...

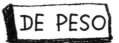 Tengo un motivo DE PESO para

 **EVITAR** al señor Keen.

Resulta que, antes de las vacaciones,
me oyó cantar «Delia es una petarda»,
una canción que compuse en honor a mi hermana.

¡Y justo después me apuntó para el concierto
escolar! Habría hecho un **ridículo total**
(más que nada por la falta de práctica,
y también porque la letra es un poco bruta).
Por suerte, Derek acudió al rescate y me salvó
de una **situación vergonzosa.***

(*Si quieres saber qué pasó, lee *El genial mundo de TOM GATES*).

E
l señor Keen se cree que estoy triste

por no haber podido actuar en el concierto.

Pobrecillo. bua bua

(Pero **no**).

Levanto la cartera a la altura de la cara

e intento pasar por delante de él a hurtadillas.

Pero él me ve..., y eso que

también me estaba escondiendo

detrás de un grupito

de niños pequeños.

 «¡TOM!».

(Camina, camina, no pares...).

«¡TOM GATES! Justo la persona a la que quería ver».

(Demasiado tarde).

«¿Sí, señor Keen?».

«Me he enterado de que Derek y tú tenéis un grupo de música».

(¿Cómo lo habrá sabido?).

«Y que necesitáis un NUEVO batería...».

Durante un ANGUSTIOSO momento, pienso que el señor Keen quiere apuntarse al grupo, cuando dice:

«Me gusta mucho el cartel, por cierto».

Fiu...

(Derek debió de colgar el cartel ayer).

«Sé que debes de estar muy triste por no haber podido actuar en el concierto escolar».

«Qué va...», le digo,

pero él, ni caso.

Entonces, el señor Keen me dice

que el señor Oboe (el profe de música)

ha montado una 🎵 **BANDA** Escolar
que actuará en una asamblea especial.
Y AHORA, por culpa del señor Keen,
Derek y yo formaremos PARTE de la banda escolar.
«¿Estás contento, Tom?».

Yo me he quedado sin palabras.

«¿Qué instrumento toca Derek, Tom?».

«El teclado, señor Keen, pero no sé si...».
Demasiado tarde. El director ya se ha ido.
Derek se llevará un disgusto.

Oh, no...

No sé ni qué tipo de música toca la banda escolar.

Espero que no sea grave. (Al menos, serán ensayos extra para los ).

La conversación con el señor Keen me ha hecho recordar nuestro

SÚPER CARTEL DEL BATERÍA.

¡Qué ganas tengo de saber QUIÉN quiere formar parte del grupo!

De camino a clase, paso por delante del cartel para echarle un vistazo rápido.

 Mmmmmmmmmmmmm.

Me da la sensación de que no todos

se han tomado el tema en serio.

Espera...

¡AMY PORTER

ha dejado su nombre!

¡Qué sorpresa!

Amy sí que se ha tomado en serio a los **LOBOZOMBIS**.

Normal: es súper lista y tiene un gusto musical

excelente. Le daré la noticia a Derek así:

«**¡Eeeh, buenas noticias!** ☺

Amy va a presentarse a las pruebas para el grupo.

¡Oooh, malas noticias! ☹

El señor Keen nos ha apuntado

a la BANDA ESCOLAR».

(Las malas noticias se las diré muy rápido...

y puede que así no se dé ni cuenta).

En clase, el señor Fullerman me pregunta
por la muela.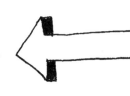

Y yo le entrego mi
justificante

AUTÉNTICO...

Estimado señor Fullerman:

Le escribo para pedirle que Tom no vaya a
~~esta semana~~
clase de Educación Física~~MUY~~ porque se está
MUY, SERIO
recuperando de un problema~~,~~ de caries que ya
está prácticamente arreglado.

Atentamente,

Rita Gates

El señor Fullerman lo lee con atención.

(Espero que no note mis «pequeños» cambios).

De momento, todo va bien.

Pero entonces me da una lista LARGUÍSIMA

(de trabajo atrasado.)

Yo le digo al señor Fullerman que TIENE QUE SER

un error, porque solo me he perdido un día.

Amy me dice: «Te has perdido

un montón de cosas».

Genial.

Me pregunto si este será un buen momento ☺

para sacar el tema del cartel

de los LOBOZOMBIS en el que ha dejado

su nombre. Podría darle algunos consejos...

Por ejemplo, «trae galletitas de caramelo».

Pero en ese momento se pone a hablar
el señor Fullerman, que nos anuncia
que ha preparado una **«salida al campo**
muy interesante».

(Tiene buena pinta).

«Buscaremos todo tipo de plantas ,
insectos **y especímenes**
curiosos...».

Le doy un codazo a Amy y le digo,
señalando a Marcus:

«Yo ya he encontrado uno».

Espécimen curioso

Me había olvidado de que el señor Fullerman tiene un OÍDO SOBRE-HUMANO

Me lanza una de sus miradas de profe y me dice:

«TOM, además de buscar especímenes curiosos, confío en que TÚ nos darás MUCHA información interesante sobre los árboles, ya que eres un experto en el tema».

Eso me deja helado.

No tengo NI IDEA de por qué el señor Fullerman se cree que soy un experto en árboles.

ÁRBOL DE GALLETAS

Eso es lo que yo entiendo por UN ÁRBOL INTERESANTE.

El señor Fullerman nos pone más deberes...

Grrr.

Deberes para la clase
del señor Fullerman
Colegio Oakfield

Queridos alumnos:

Esta semana quiero que escribáis una carta
formal de agradecimiento.
Primero, tenéis que decidir a quién
se la escribís y qué queréis agradecerle:
un regalo, un buen consejo, etc.
Utilizad la imaginación.
Describid cómo os sentís y recordad
encabezar y despedir la carta
correctamente.
Saludos,

Señor Fullerman

Supongo que podría ser peor. Al menos, no son fracciones ni nada complicado.

Tampoco cuesta tanto decir

GRACIAS...

Bueno, a Delia sí que cuesta.

Pero estas cosas NUNCA pasan.

Durante el recreo, Derek y yo hablamos
de los candidatos que vendrán

a la prueba de los .

De momento,

solo tenemos a  Amy,

Florence

y

NORMAN.

No creo que

se presenten.

Le comento a Derek que el señor Keen quiere que toque en la banda escolar.

«Le diré que gracias, pero NO».

«Demasiado tarde...
Ya nos ha apuntado a la banda».

«Suerte que no sabe que toco los teclados», dice Derek.

«Me parece que ahora sí que lo sabe .

(Se me ha escapado, lo siento)».

Derek todavía se está preguntando
qué trama el señor Keen cuando Marcus
llega corriendo

MUY rápido.

Va diciendo «paso, paso»,
y pasa dando empujones. Parece que Marcus
ya no cojea por la terrible HERIDA
que le ha hecho su **ENORME** perro.

«¡Qué prisas!», digo yo,
pero él ya ha desaparecido.

Derek propone: «Vamos a seguirle,
a ver adónde va».

«Vale».

Marcus corre como una ——— flecha
hacia su padre, que le espera dentro del coche.
Vemos que abre la puerta y ⟋ *m e t e*
medio cuerpo dentro, como si quisiera coger algo.

Ven, chico.

Derek dice:
«¡Oigo LADRIDOS!».

«¡Yo también!».

«¡**Seguro** que es su nuevo perro!».

Grrr...

«¡**S**í, el que le mordió!», digo yo.

No vemos 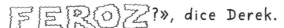 al perro, pero LADRA
MUY **FUERTE**.

Marcus ha cogido una correa
y tira mucho de ella.

«¿Te imaginas que al final
sea verdad que Marcus tiene un perro
FEROZ?», dice Derek.
«Si le cuesta tanto dominarlo, su perro
debe de ser muy **GRANDE**

y **FUERTE**», digo yo...

... o puede que no.

Grrrrrrrrrr...

DEBERES

Desde aquella vez que el señor Fullerman nos envió a casa un recordatorio para que escribiera la RESEÑA, mamá se ha vuelto muy dura conmigo.

Hasta que no hayas hecho los deberes, no cenas.

Pero no puedo concentrarme con estos pensamientos que me rondan la cabeza:

1. Marcus mordisqueado

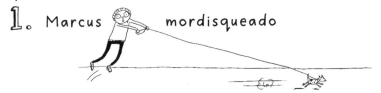

por un perro esmirriado. ¡Brutal!

2. La cena.
3. La cena.
4. La prueba para elegir al BATERÍA.

Es genial que Amy se haya apuntado.
Es SÚPER LISTA en TODO. Ya tengo ganas
de ver lo bien que toca la batería.

Haríamos

un buen equipo.

Este fin de semana haremos la prueba
de selección en el garaje de Derek.
A su padre no le dejaremos entrar.

SE PROHÍBE
PONER DISCOS

Todos los que se presenten podrán hacer la prueba, aunque no valgan nada. Además, también estoy pensando en:

5. El cumple de papá, que cae muy pronto. ¿Qué puedo regalarle?

-¿Un dibujo?

-¿Bombones?

-¿Calcetines?

-¿Un sombrero?

Mamá le ha dicho a la tía Alice
que ha organizado (una reunión familiar)
para evitarle a papá una fiesta
como la del año pasado.

sorpresa

Ahora todos vendrán a nuestra casa,
incluidos los abuelos, también conocidos
como **LOS FÓSILES** porque son tan viejos
como los dinosaurios.

Eso me ha dado una GRAN idea
para la carta de agradecimiento
que me han puesto de deberes.
¡Gracias, Fósiles!

Querida abuela
Mavis:

GRACIAS
POR DARME
UNA
PROPINILLA.

Besos, Tom
(TU NIETO PREFERIDO). x x

Tom:

Me ha quedado muy claro
que eres un nieto ejemplar.

Sin embargo, la próxima vez
me gustaría que me entregases
unos deberes más trabajados.

Aprobado justo.

Pero me alegro de que te hayas
apuntado a la NUEVA BANDA
ESCOLAR. El señor Keen está
muy contento.

Señor Fullerman

Vaya, ahora ya es oficial.

El señor Fullerman ha dejado *escrito*
que YO formo parte de la banda escolar.

Me da la sensación de que la carta
de agradecimiento no le ha gustado nada.

Solo me ha puesto un aprobado justo.
Me parece un poco **fuerte**, ¿no?

A ver si así lo arreglo...

Señor Fullerman:

Me gustaría explicarle por qué mi carta
de agradecimiento es más bien cortita.
Mi abuela es MUY MAYOR,
tiene la vista fatal ☉ ☉ y se duerme
cada dos por tres. Por eso, mi carta
de agradecimiento tiene que tener
una LETRA MUY GRANDE

y tiene que ser MUY, MUY CORTA. Si no,
no la podrá leer (es verdad que soy
un nieto ejemplar). ☺

Firmado: Tom Gates
                    (Un alumno muy trabajador
que se merece una nota
un poco más alta... ¿verdad?).

He dejado este espacio para
que me pusiera una BUENA nota...,
pero se ha quedado vacío.
En fin, tenía que intentarlo.

Los días siguientes, el señor Fullerman

no para de recordarnos que

«Solo los alumnos MUY trabajadores

tendrán buenas notas».

(Vale, ya lo he captado).

Total, que estoy repasando

la lección en casa cuando aparecen

los abuelos, que vienen a tomar un té.

Los oigo charlando

 bla

bla

en el piso de abajo

con papá.

Bajo a saludarlos... y a coger alguna galleta,

porque...

 + =

Té   Fósiles   GALLETAS

Pero papá me ve y me dice: «No puedes

comer galletas hasta que estés curado

del todo».

Justo entonces llega Delia y oye la palabra «CURADO».

«¿Qué ha pillado este ahora?».

Se aparta de mí como si tuviese un VIRUS

y coge una galleta.

¡Delante de mis narices!

«Eso no es JUSTO»,
protesto.

«Delia no tiene una muela picada como tú»,
responde papá.

«Puaj, una muela podrida»,
se ríe ella, tapándose
la nariz.

El abuelo dice que es IMPORTANTE

cuidar los dientes . Que si no,

acabaré como él. ➡️

Y después añade: «¿Quieres ver lo que pasa

cuando NO te cuidas los dientes?».

La abuela le interrumpe.

 «No se los enseñes, Bob...

Es desagradable».

AHORA sí que tengo CURIOSIDAD.

«Pero yo no veo que tengas nada

en los dientes, abuelo».

Entonces él se da la vuelta...

¡... y se **SACA** la dentadura de la boca!

¡Qué GENIAL!

Ahora tiene la dentadura EN LA MANO (reconozco que da un poco de asquillo).

 «¿Vefff...? Ni un fffolo diente».
La boca del abuelo parece la de una tortuga muy vieja.

Delia dice: «Eso es de mal gusto».
La abuela le dice al abuelo que vuelva a ponerse los dientes y que deje de hacer el ganso.

Pero él finge MORDER a la abuela
con la dentadura antes de volver
a ponérsela. (Hace un sonido
extraño cuando se la encaja en la boca).

CLOC

La abuela intenta cambiar de tema
(más o menos)
y dice que ha traído galletas HECHAS por ella.

Ay, ay, ay...

«Las he **preparado** con nueces, miel y muchas otras cosas DELICIOSAS», dice.

La abuela Mavis tiene unos gustos muy especiales para la comida. Por eso, «muchas otras cosas deliciosas» puede querer decir CUALQUIER cosa.

Os voy a enseñar un par de sus «especialidades»:

La La La

Bocadillos de queso... y mermelada.

¿Por qué?

Pasta con chocolate rallado.

Papá dice que me puedo comer una galleta
de la abuela si prometo cepillarme los dientes después.

La abuela coloca las galletas en una bandeja
y dice: 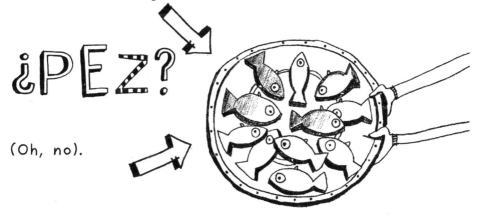 «¡Que aproveche!».

Pero sus galletas tienen forma de...

¿PEZ?

(Oh, no).

«No saben a pescado», me tranquiliza la abuela.

¡Fiu! Pero tienen unos ojos GRANDES
e inquietantes.

(Me arriesgaré... Solo es una galleta).

¡**M**mmmm! Están sorprendentemente

buenas, para ser unas galletas-pez.

Delia ya se ha ido (justo después del truco

de la dentadura del abuelo), o sea, que

me tocan más galletas a mí. Cuando papá

no mira, cojo un par más para después.

 ¡BIEN!

Mamá aprovecha para invitar a los Fósiles

a la fiesta de cumpleaños

de papá.

Pero papá no quiere hacer NINGUNA fiesta.

Todavía está refunfuñando y protestando cuando les recuerdo a todos que pronto también será MI cumpleaños. Y que a mí sí que me gustaría tener una

FIESTA con regalos.

El abuelo me pregunta qué tipo de cosas me interesan ahora.

(¡Perfecto! Ahora podré darle «pistas de regalos»).

Estoy a punto de ponerme a hablar de las guitarras eléctricas de los ⚡ **DUDE 3**, de material de dibujo y cosas por el estilo...

Pero mamá SE METE en la conversación diciendo:

«A Tom le interesan mucho los árboles, ¿verdad, Tom?».

ÁRBOLES

¿Pero qué dice? 😣

«¿Recuerdas la fantástica redacción que hiciste sobre los árboles?».

OH, NO.

Hummmm...

Decido no llevarle la contraria, porque:

Buen estudiante + Cumpleaños = ¡Un montón de regalos!

Pero, por si acaso, añado:

«Los  están bien, pero no quiero ninguno para mi cumpleaños, gracias».

El abuelo me pregunta también por los **LOBOZOMBIS**.

(¡No me esperaba que se acordase del nombre de mi grupo!).

Dice que tiene un local PERFECTO para NUESTRO PRIMER CONCIERTO... cuando estemos preparados.

«Es un local que siempre está buscando nuevas estrellas», dice el abuelo.

«¿De verdad?».

«Sí, y tendréis un público muy numeroso y simpático».

¡HALA, QUÉ BIEN! ¡Ya verás cuando se lo diga a Derek! Entonces, el abuelo me ofrece otra galleta y yo la cojo (con las otras dos, ya van tres).
Ahora tengo UN MONTÓN de cosas importantes que contarle a Derek:

☺ EL PRIMER CONCIERTO DE LOS LOBO ZOMBIS

☺ LAS GALLETAS-PEZ

☺ LA DENTADURA DEL ABUELO

Voy a casa de Derek, que TODAVÍA

está mosqueado por tener que

participar en la banda escolar.

Para animarle, le doy DOS

galletas-pez.

«Tu abuela tiene un punto muy raro»,

se ríe mirando los ojos ⊙ ⊙ de las galletas.

«Pero hace unas galletas muy ricas», añade. ☺

Yo le cuento que LOS FÓSILES son MUY

simpáticos,

y que no están tan de la olla como parece.

«Normalmente se comportan como unos abuelos

normales, en serio».

Y Derek contesta: «¿De verdad?».

Vale, lo retiro.

El señor Fullerman

se *apoya* en la mesa y nos mira con sus ojos mortales, como solo los profes saben mirar.

Dice que tiene una noticia muy IMPORTANTE para nosotros.

(Él tiene una idea diferente a la mía sobre qué cosas son importantes).

Por ejemplo, las pruebas para entrar

en los **LOBOZOMBIS** son importantes.

No sé si sacarle el tema a **AMY**.

Más vale que no. No es el mejor momento.

Me fijo en que está dando golpecitos en la mesa

con el lápiz. Es lo típico que haría un batería.

Buena señal. ☺

Mientras yo analizaba el talento de **AMY**

para tocar la batería, el señor Fullerman

ha hecho su

«ANUNCIO
IMPORTANTE».

Me lo he perdido.

Qué le vamos a hacer.

Pero entonces el profe me hace una pregunta:

«¿Verdad que sí..., Tom?».

(Precisamente por eso prefiero sentarme en la parte de **ATRÁS** de la clase, y no delante).

Como no tengo **NI IDEA** de qué está hablando, le doy la razón y ya está.

Sí, señor Fullerman.

«Bien hecho, Tom. ¿Alguien más se apunta?».

¿Eh?

«¿No? Perfecto, entonces estáis solamente Derek y tú. Ya puedes irte. Tú estrenarás nuestra tabla».

¿QUÉ? ¿QUÉ TABLA? Esto tiene muy mala pinta. En fin, al menos podré saltarme la clase (me parece).

TABLA DE PUNTOS
CLASE DEL SEÑOR FULLERMAN

MARK	ROSS
BRAD	ARMAND
TOM	PANSY
PAUL	INDRANI
LEROY	FLORENCE
MARCUS	JULIA
TREVOR	AMY
NORMAN	AMBER

La PARTE BUENA es que me he ganado la

 **PRIMERA** ESTRELLA DE ORO de la nueva

tabla de Puntos. El señor Fullerman
me la ha dado por apuntarme a la banda escolar.
(No es que me haya dejado elección).
No me lo esperaba, pero se agradece.

La PARTE MALA es que los ensayos
con la banda escolar empiezan
AHORA, y que tengo que ir ☹.
En fin, al menos me salto la clase de *mates.*

Adivinanza: ¿cómo serán de horribles
los ensayos con la banda
escolar?

Solución: peores de lo que me esperaba.

El señor **O**boe está encantado de vernos.

Derek y yo, no tanto.

«Ahora os explico», nos dice el señor Oboe.
«Esta banda escolar es diferente.
Nuestros instrumentos están hechos
de basura reciclada.

Además, tocamos música moderna».

(O sea, música que no entiende nadie).

«No es como los LOBOZOMBIS, ¿verdad?»,
le susurro a Derek.

Poop

El señor Oboe nos pide que elijamos un «instrumento». Como NO hay guitarras ni teclados, yo cojo una cosa hecha de botellas de plástico con baquetas. Derek elige una caja de madera con gomas elásticas.

No son las condiciones ideales, pero haremos lo que podamos.

Las botellas tendrían que hacer sonidos diferentes cuando las toco...

Pero parece que mi instrumento solo tiene dos notas:

¡El PATAPÁN y el PATAPÁN FUERTE!

Los otros chicos tienen más práctica 😕
que nosotros. Viéndolos, cualquiera diría que
es fácil (¡pero no lo es!).

Metemos la pata continuamente.

Yo toco demasiado fuerte
las botellas.

Derek ha roto algunas
de las gomas.

 POING

Entonces
se me rompe una baqueta, y sale
volando por los aires.

El ensayo está saliendo fatal.

El señor Oboe se está desanimando.

Un chico levanta la mano.

«¿Por qué los ha puesto en nuestra banda?».

«¿NUESTRA BANDA?». Me habían dicho que era una banda escolar.
El señor Oboe le dice que ya puede bajar la mano, porque tocaremos mejor

después de dos o tres ensayos más.

«Más bien dos o tres MIL».

Los demás se echan a reír.
Derek y yo NECESITAMOS una excusa PERFECTA para irnos de esta banda.
Ha sido un ensayo patético.

$\mathbb{D}$erek me da la razón. «Qué corte», dice.

Entonces veo dónde está la baqueta rota que ha salido volando.

Le doy un codazo. «No, $\mathbb{E}\mathsf{S}\mathbb{O}$ sí que es un corte».

¡Hala!

Parece que el señor Oboe tenga un lazo en la cabeza.
Nos vamos de allí corriendo, antes de que se dé cuenta.

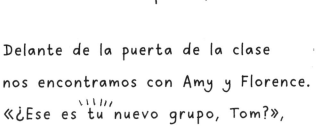

Delante de la puerta de la clase nos encontramos con Amy y Florence.
«¿Ese es tu nuevo grupo, Tom?», pregunta Amy.

«¡Qué va!», respondo yo.

«Esta es la banda escolar. Son penosos, de verdad».
Los miembros de la banda me han oído

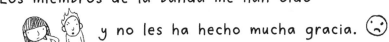

y no les ha hecho mucha gracia.

«**N**osotros no somos penosos.
TÚ SÍ que eres penoso».

«Y tu amigo también».

«Estaríamos diez veces mejor sin vosotros
en la banda».
(Visto así, tienen razón).

GENIAL. Ahora Amy y Florence piensan que somos
unos inútiles.
Abro la boca para **EXPLICARLES**
que con los **LOBOZOMBIS**

tocamos instrumentos DE VERDAD,
pero ya se han ido.

«Esta **banda escolar** podría ACABAR
con nuestra reputación... si la tuviésemos»,
dice Derek.

Es verdad.
Hoy nos han llamado:

⇨ PENOSOS

⇨ INÚTILES

y también ⟹ RIDÍCULOS.

Derek y yo decidimos que tenemos
que salir de la banda sea como sea.
Es lo más importante de todo.

... Hasta que encuentro una galletita
en el bolsillo.

¿Quieres
una galletita?   ¡SÍIII!

¡SSSÍ!

Hace ya unos días que colgamos el cartel,
y la prueba es MAÑANA, así que corro
a mirar 👀 quién más ha puesto su nombre
en la lista.

Veamos...

¿QUÉEEE?

¡Amy

y

FLORENCE

han TACHADO sus nombres!

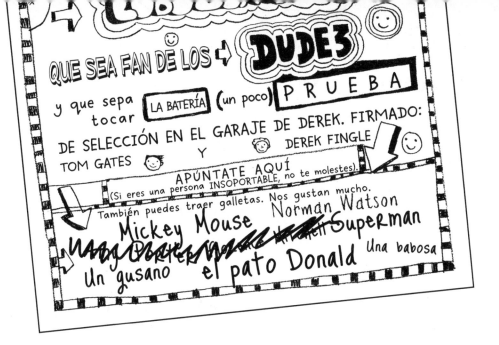

¿Qué ha pasado aquí? ¿Quién ha hecho esto?
De momento, el único candidato *DE CARNE*
Y HUESO que tenemos es el HIPERACTIVO de

NORMAN.

Descuelgo el cartel y salgo *disparado*
a buscar a Amy.

Stan, el bedel del colegio, abre la puerta para dejar pasar a unos alumnos.

Cuando veo  a Amy y a Florence a punto de salir, echo a

=CORRER, gritando:

«¡EMERGENCIA,

EMERGENCIA,

EMERGENCIA!»,

y así hago que se giren.

Alcanzo a Amy y a Florence
y les enseño el cartel.
«¡Mirad lo que ha hecho
algún

IMBÉCIL!

¿Os podéis creer que hayan TACHADO

vuestros NOMBRES del cartel?

¿Qué clase de IDIOTA intenta impedir

que entréis en los LOBOZOMBIS

haciendo una ESTUPIDEZ

como esta?».

Y Amy dice:

He sido **Yo.**

(Ah... Eso sí que no me lo esperaba).

Florence dice: «**N**o sabemos tocar la batería, Tom».

«**Y** nosotras no pusimos nuestros nombres en el cartel. Lo siento», añade Amy.

«¿**E**so quiere decir que no vais a presentaros a la prueba?», pregunto por si acaso.

No, Tom.

Stan ha oído toda la conversación.

«Oye, ¿necesitáis un batería? ¡Lo tenéis delante de los ojos! ☉ ◯»

Stan se cree muy gracioso. Grrr... Hace como si diera un redoble y un toque de plato. (Le quedan de pena). La puerta se cierra lentamente mientras él continúa tocando su batería invisible. Intento que no se me note el disgusto en la cara.

«En tu grupo, lo único que haríamos sería molestar, Tom», dice Florence.

«Seríamos un DESASTRE», añade Amy.
«¿Peor que Stan?», digo yo.
(Todavía se oyen las llaves del bedel tintineando detrás de la puerta).

Amy sospecha que quien ha escrito los nombres **graciosos** de la lista también ha debido de añadir los de ellas.

Tiene lógica.

«Mira si la letra del cartel coincide

con la de alguien de clase», me propone.

«¡Genial!», digo yo. (¿Veis cómo Amy

es muy lista?).

Quien sea el que intenta sabotear la prueba

debe de sentirse muy satisfecho ahora mismo.

Busco por toda la clase a **ALGUIEN**

con pinta de listillo...

Detalle muy aumentado.

Sorpresa, sorpresa...

LENGUA

Marcus reconoce que fue ÉL quien escribió en el cartel.

Va y me dice: «No te pensarías que Amy y Florence querrían estar en tu grupo, ¿verdad? ¡Ja, ja, ja!», se ríe. (Qué insoportable es).

El señor Fullerman ha puesto nota a las RESEÑAS que teníamos de deberes y las está repartiendo.

«Bien hecho, Tom. Muy buen trabajo», me dice.

A Marcus no le hace ningún elogio. ¡Toma!

(Eso tiene mucho mérito, porque hice los deberes a toda pastilla).

Buen trabajo, Tom.

Tu afición por los árboles nos será muy útil durante la excursión al campo.

Te has ganado

UNA ESTRELLA DE ORO y 3 puntos.

¡AJÁ! Por eso el señor Fullerman
se pensaba que me gustan los ÁRBOLES.

Cuando se lo enseñe a mis padres
 , puede que me den algún PREMIO.

Pastel

Propinilla

Incluso podría añadir eso de los «padres modélicos»,
que funciona tan bien... ☺

Lo que nadie me quitará ya es mi segunda

2 puntos **≡ 1** ESTRELLA de ORO.

El alumno que tenga MÁS estrellas de aquí a las vacaciones ganará «premios espectaculares» (o eso dice el señor Fullerman).

Sospecho que los premios serán cosas como cajas de rotuladores o toallas del colegio.

NO es lo que yo entiendo por «espectacular».

Pero me da igual, porque con mis dos estrellas soy el primero...

Dejo mi cuaderno bien abierto para que MARCUS vea mis PUNTOS y las

ESTRELLAS de ORO

Por desgracia, no tenemos más candidatos
(REALES) a batería.
Parece que SOLO vendrá NORMAN.

No creo que tardemos
mucho rato con su prueba.

Derek dice que quizá se presente
alguien más... aparte de su padre,
que no para de asomarse al garaje.

¿No ha venido nadie?

Derek le echa
sin contemplaciones.

Le recuerdo a Derek que mi abuelo
ya nos ha reservado un local para el PRIMER
CONCIERTO DE LOS LOBOZOMBIS.

«Será un éxito, aunque no tengamos batería»,
le digo.

(Ese es nuestro plan B, en caso
de que no se presente nadie).

«Mi abuelo dice que es un público
muy simpático», añado.

«¡GENIAL!», dice Derek,
tan optimista como siempre.

«Quién sabe si seremos los PRÓXIMOS 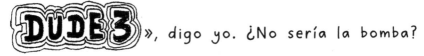», digo yo. ¿No sería la bomba?

Entonces aparece Norman, y volvemos a poner los pies en el suelo.

Está tan INQUIETO como siempre.

«Tú tranquilo, Norman. Toca lo que quieras», le digo.

(No esperamos gran cosa, la verdad).

¡Uuuups!

«Estoy un poco nervioso», nos dice mientras tropieza con el bombo.

No es un comienzo glorioso.

El estrépito le da una excusa al padre
de Derek para VENIR OTRA VEZ a ver
lo que nos traemos entre manos (como si
no lo supiese perfectamente).

Espero que Norman tenga más maña
tocando la batería que nadando...
De momento, la cosa pinta muy mal.

Norman se tranquiliza (un poquito).

Y entonces empieza a tocar.

¿Necesitáis ayuda?

Todos nos llevamos una SORPRESA ENORME:

¡NORMAN es LA CAÑA!

(Y un poco bestia, también...).

Cuando acaba su demostración, le decimos
«¡BIENVENIDO A NUESTRO GRUPO!», y él vuelve
a arrancar.

De hecho, Norman toca mejor que nosotros dos.
«Tendremos que ensayar más»,

le digo a Derek.

«Con Norman a la batería, ¡ahora sí que sonáis
como un grupo de verdad!», nos dice el padre
de Derek.

 entonces añade:

 Y, hablando de grupos DE VERDAD...

¡Oh, no! No hemos tenido tiempo de

 a Norman de las pequeñas CHARLAS del señor Fingle.

Ya se ha puesto a revolver su colección de discos.
«Norman, ¿has oído hablar
de los QUEEN?».
«De los ¿quién?», pregunta Norman.
«DE LOS QUEEN», repite el padre de Derek.
«No. ¿Quiénes son los Queen?», pregunta Norman.
¡Qué horror!

Derek quiere que su padre deje de entrometerse.

«¡Ahora no, papá!».

(Pero ya es demasiado tarde).

«¿Estás preparado para oír a la MEJOR BANDA de todos los tiempos?», dice el señor Fingle mientras le enseña un disco a Norman todo satisfecho.

«Esto es todo un CLÁSICO, y no puedes dejar pasar ni un día MÁS sin escucharlo».

«Vale», dice Norman.

Y se levanta de un salto para echar un vistazo al disco...

El señor Fingle tiene MIEDO
de que el disco se haya RAYADO
y se haya estropeado.

«Yo lo COJO,
¡que nadie se mueva de AQUÍ!»,
grita con una voz
MUY, MUY FUERTE.
Grita TAN fuerte, que Pollo
(el perro de Derek) ha oído la palabra AQUÍ
y viene corriendo

desde el jardín.
Coge el disco entre los dientes y sale pitando
por la puerta, seguido del señor Fingle,
que corre como una bala.

iVen aquí!

$\mathbb{D}$erek dice que nunca había visto a su padre correr tan rápido.

«Debe de ser un disco muy bueno», dice Norman.

«Pollo tiene muy buen gusto musical», añado yo.

Como la prueba ya se ha acabado, dedicamos el rato a mirar al padre de Derek persiguiendo a Pollo por todas partes.

Cuando vuelvo a casa,
veo que ha llegado una carta
del colegio.

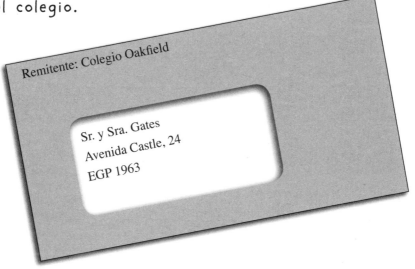

Remitente: Colegio Oakfield

Sr. y Sra. Gates
Avenida Castle, 24
EGP 1963

Me pregunto QUÉ habré hecho AHORA...
Abro la carta con mucho cuidado
y le echo un vistazo ⊙ ⊙.

¡FIU! Solo es un recordatorio
de la excursión
y una ⇨ lista de ropa especial.

(Nada que deba preocuparme, entonces).

Excursión al campo

Llego tarde

a la excursión por dos razones:

1. Me he olvidado de que hoy era la excursión.

2. Me he dado cuenta de que, de camino al colegio, todavía llevaba los pantalones del pijama, y he vuelto corriendo a cambiármelos.

Delia me ve y se muestra tan amable como siempre.

INÚTIL.

Llego al colegio por los pelos. El profe y el resto de la clase me están esperando en la puerta.

¿OTRA VEZ TARDE, TOM?

Por algún motivo que no entiendo, el señor Fullerman se ha vestido de...

¡explorador de la selva!

Armario lleva unas botas de agua muy chulas.

Le pregunto qué habrá salido a buscar el profe, ¿INSECTOS o TIGRES?

A él se le escapa una **carcajada**, y el señor Fullerman me MIRA ⊙ ⊙ a [mí]... y luego se fija en mis pies. (Oh, oh...).

Ahora resulta que llevo un

Calzado Inadecuado

Y tendré que ponerme las

¡BOTAS DE REPuEsTO!

(¡Las BOTAs DE REPuEsTO, NO!

¡No! ¡No!).

La ropa de «REPUESTO» suelen ser cosas CUTRES que pierde la gente y que nadie quiere. Como por ejemplo:

Camiseta de repuesto.

Pantalones de repuesto.

La señora Mega nos acompañará.

Ella lleva la bolsa de material de repuesto.

«Por si las moscas», dice.

«O por si alguien trae un calzado inadecuado», añade Marcus.

Yo paso de él.

Norman aún sigue súper acelerado por haber entrado en los LOBOZOMBIS.

No para de dar botes y de mirarnos

con una lupa,

ASUSTANDO

con su (OJO) aumentado.

Está poniendo de los nervios

a todos.

A mí, quien me pone de los nervios es Marcus.

«¿No te has leído la lista de ropa

para la excursión?»,

me pregunta.

«¡SHHHH!»», le mando callar.

Por CULPA de Marcus, acabarán haciendo

que me ponga las BOTAS DE REPUESTO.

Pero el señor Fullerman está ocupado   ¡AJ!

regañando a Norman, que no para

de molestar a Julia con la lupa.

Ahora todos tenemos que «PRESTAR ATENCIÓN»
a los consejos de seguridad que nos dan
sobre cosas que

PICAN

y

MUERDEN.

«Debéis comportaros
con PRUDENCIA».

NORMAN,
ESO TAMBIÉN VA
POR TI,

dice el señor Fullerman.

Nos ponemos en marcha, con el profe
a la cabeza y la señora Mega al final,
para asegurarse de que nadie se despiste.

No os despistéis.

No vamos muy lejos: a los campos
que hay en el propio pueblo.

230

Cuando llegamos, nos dividimos en grupos.
Cada uno tiene que identificar tantas plantas,
frutos y ÁRBOLES como pueda.

**«Para ti será muy fácil, TOM, que conoces
un montón de árboles»,** dice el señor Fullerman.

Genial, ahora mi grupo se cree que soy
un FANÁTICO DE LOS ÁRBOLES (y no lo soy).

Decido inventarme nombres sobre la marcha...
y parece que cuela y todo.

Aquí tenéis
el árbol rugoso
de las llanuras.

Tengo muchas ganas de usar los ATRAPAINSECTOS que nos han dado.

Pansy ya ha atrapado una araña

 GIGANTE.

Leroy está examinando un insecto que

SE CONVIERTE

en una BOLA.

Mark está atrapando TODO lo que encuentra.

Hormigas, escarabajos, arañas, ranas...
De todo.

Yo veo un escarabajo

de muchos colores.

Nunca había visto uno así.

AUMENTO

Me acerco muy poco a poco.

ESTE escarabajo es ALUCINANTE.

Seguro que ganaré TRES puntos

(y una ESTRELLA ☆ de ORO)

por haberlo descubierto.

Acerco el atrapainsectos al escarabajo.

Con mucho cuidado...

¡CLAC!

De repente, Marcus

lo atrapa con  **SU** atrapainsectos.

«¡ES MÍO!», dice.

(Espero que el escarabajo le pique o le muerda...
o las dos cosas).

¿Cómo se puede ser tan insoportable?

Florence y Amy me enseñan
lo que han encontrado: SALTAMONTES,
que son unos insectos muy chulos.
(Tanto, que me olvido de Marcus).

Amy me pregunta qué tal nos fue
la prueba, «ya que SOLO
se presentó Norman».

«Norman estuvo GENIAL», contesto.

«¿De verdad?». Florence no parece
muy convencida.

«¿No te preocupa que Norman entre en el grupo?», me pregunta Amy.

«Pues no», digo yo.

«Ya sabes que a veces es un poco...».

«Payaso», añade Florence.

Yo le respondo:

«No creáis. EN REALIDAD, Norman es un batería ALUCINANTE».

«¿Y qué me dices de todas las burradas que hace?», pregunta Amy.

«No es para TANTO. Y tampoco se pasa todo el día haciendo BURRADAS, ¿no?», replico.

Justo entonces aparece Norman con

DOS orugas verdes

debajo de la nariz.

«MIRAD...
¡TENGO MOCOS!».

(Ahora no, Norman... Grrr).

Estamos sentados en un prado,

comiéndonos el almuerzo que hemos traído,

cuando ARMARIO (que parece

bastante triste) me enseña lo único

que ha encontrado hasta ahora.

Me parece ☉ ☉ que es

medio escarabajo muerto...

Sí, es |medio| escarabajo muerto.

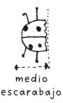

medio
escarabajo

«Te ayudaré a encontrar algo mejor», le digo.

Armario LANZA el escarabajo bien lejos.

(Lo que no es muy buena idea).

El escarabajo vuela por los aires y va a parar justo encima del bocata de Julia.

Julia  CHILLA y dice que tiene ganas de vomitar.

La señora Mega le dice que el escarabajo debe de haberse caído de un árbol.

(Armario y yo no decimos ni pío).

No como MARCUS, que le dice a Julia
que él podría explicarle por qué tiene MEDIO
escarabajo muerto en el bocadillo.

«¿Y se puede saber por qué?»,
le pregunta Julia.

«Seguro que te has COMIDO
el otro medio».

Toda la clase hace «¡PUUUUUUUAJJJJ!».

Julia se pone toda verde (del mismo color
que la hierba).

Marcus se echa a reír. Hoy está
más insoportable que nunca.

El señor **F**ullerman nos grita:
«¡Calmaos todos!».

Después, deja a Julia descansando
bajo un árbol «para que se recupere»,
y a los demás nos lleva a la laguna
para que sigamos buscando bichos.

¡AJÁ! Ahora entiendo para qué había que traer botas 🥾 **ARMARIO** ya se ha **HUNDIDO** en medio del **BARRO**,

y ha tenido que rescatarle la señora Mega (que es **MUCHO** más fuerte de lo que parece).

La señora Mega me dice que no me acerque al **BARRO** «con esas zapatillas».

Y Marcus salta:

«¿No debería llevar las **BOTAS DE REPUESTO,** señora Mega?».

¡CIERRA EL PICO, MARCUS! Él sí que tendría que hundirse en el barro...

El señor Fullerman nos pide que nos acerquemos a él para enseñarnos lo que ha cogido en su cubo. En medio de un montón de LODO y HIERBAS hay algunos peces pequeñitos y otras cosas interesantes.

«Haced turnos para mirar...
No os deis empujones»,

dice el profe.

(Marcus está dando empujones).

Cuesta ver lo que hay dentro. ¡ARMARIO dice que ha visto una SERPIENTE DE AGUA !

«Vais a verlo todos... Tened un poco de paciencia», nos dice el señor Fullerman. Entonces les pide a Mark y a Amber que le ayuden a llevar el cubo hasta el prado.

Norman no es una persona muy paciente.

Ha oído que Armario decía

«SERPIENTE DE AGUA»

y se ha puesto muy nervioso.

De la emoción, *TROPIEZA* con una rama

y se cae encima de Amber.

Ella suelta el cubo, y Mark tiene que sujetarlo

con una sola mano.

De repente, una RANA ENORME

SALE de su bolsillo.

(Se la había guardado

dentro y no se acordaba).

La rana **DA UN SALTO**

y se escapa. Mark intenta atraparla

(otra vez).

¡Croac!

Mark suelta el cubo.

El cubo VUELA por los aires

y todos los

pececitos, las hierbas y el lodo

se desperdigan

POR TODAS PARTES.

O, MEJOR DICHO, SOBRE MARCUS.

(Al final resulta que dentro del cubo no había
una serpiente de agua. Solo un montón de barro).
Marcus está de todo menos contento. En cambio,
Armario se ha animado. La señora Mega aparece
con una toalla y dice:

«¡No pasa nada, estoy preparada
para este tipo de

El señor Fullerman y el resto de la clase
recogen del suelo todos los especímenes
y los llevan de vuelta a la laguna,
mientras la señora Mega ayuda a Marcus.

Y dice:

«Menos mal que tenemos la ROPA

DE REPUESTO...

¡y las BOTAS DE REPUESTO!».

(¡Ya te digo! ☺).

hora Marcus tendrá que llevar esa ropa
hasta que volvamos al colegio. Eso me **inspira**
a dibujar algunos de los gusanos y animales
que PODRÍA haberme encontrado en el campo.

Estos dibujos valen cinco puntos como mínimo,
¿a que sí?

Cumpleaños de papá

oy van a venir todos a casa para celebrar el cumple de papá, y eso significa que mamá está MUCHO más estresada que de costumbre. Y se pasa todo el rato diciendo cosas como:

«Guarda esto en tu habitación» y

«¡La basura se saca a la calle!».

elia quiere hacerse la graciosa e intenta sacarme A MÍ a la calle.

Mamá se ENFADA

y dice que más nos vale a los DOS portarnos
bien cuando lleguen los invitados, o si no...

¡Castigados!

Toda la casa está

LIMPIA y RELUCIENTE.

Hasta que Derek llega antes de tiempo
con sus padres y el perro,
que tiene las patas llenas
de barro.

¡Al jardín!

Gracias a mamá,
Pollo no dura ni un minuto
dentro de casa.

Derek le da a papá su regalo (por la forma, ya adivino lo que es). ☺

Papá está CONTENTÍSIMO. Enseguida se pone a hablar con el señor Fingle de los «álbumes clásicos» y de «los grandes grupos de toda la vida». (Qué aburrimiento).

No son galletas.

Antes de que papá se emocione demasiado hablando, le doy mi

regalo.

TOM GATES

Es una camiseta con un dibujo mío estampado.

¡A papá le ENCANTA!
Dice que es todo un ⟨DETALLE⟩
que yo haya estampado ese dibujo.
En realidad, es mamá quien lo ha estampado,
pero me gusta que papá esté tan agradecido.

«Gracias. Gracias».

Papá quiere ponerse la camiseta inmediatamente.

«ES DE TU TALLA», dice mamá,
que tiene miedo de que le quede un poco justa.

(A papá no le queda nada bien la ropa ajustada).

Derek dice que los LOBOZOMBIS deberían llevar
su propia camiseta.

Es una idea FANTÁSTICA.

Cuando llegan los tíos y los primos, todos llevan ropa

M U Y *fina.*

Papá les pregunta si tienen alguna fiesta después.

El tío Kevin contesta: «Los invitados tienen que poner de su parte».

(Y mira a papá como si fuese un mendigo).

Papá le cuenta que yo le he regalado
una camiseta hecha por mí.

«Tom es muy mañoso, ¿verdad?».

Al oír este comentario, Delia empieza a hacer gestos
tipo «Me muero de asco» sin que papá la vea.

Yo paso de ella. Estoy DE ACUERDO
con papá: es verdad que soy un GENIO.

El tío dice: «Enhorabuena, Tom».

Y papá está muy satisfecho...

... hasta que la tía Alice le da el regalo
que le han comprado.

E s un libro titulado

E l tío Kevin dice:

ENVEJECER CON DIGNIDAD

Por el
Dr. Jocke Tocho

«Al verlo,

hemos pensado en ti».

La tía añade: «Está recomendado para personas de tu edad».

Papá dice: «¡Gracias!», pero no se le ve

NADA contento.

 **LOS FÓSILES** hacen su llegada  **TRIUNFAL** La abuela

ha traído una tarta hecha por ella

(al menos, parece una tarta, pero

con la abuela nunca se sabe...).

Para mí que Delia se ha **OLVIDADO**

de comprarle un regalo a papá.

Porque le da... unas gafas de sol

VIEJAS de las suyas.

Papá se las pone y dice: «Gracias, Delia,

¡ahora **ME PAREZCO** a ti!».

C osa que no es del todo verdad,  porque papá está SONRIENDO.

M amá me dice que vaya a ver

> lo que están haciendo Derek
> y tus primos.

(Eso quiere decir que deje tranquilos a los mayores).

Todo va como una seda

hasta que se acaban

los aperitivos buenos.

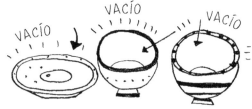

E ntonces

los primos anuncian que

han traído  y que podremos

acabar de verla

TODOS juntos.

«¿La vemos AHORA?», preguntan.

(¡No, por favor!).

Derek parece que tiene ganas de verla,

pero yo no quiero tener que esconderme

OTRA VEZ detrás de un cojín.

Antes de que sea

demasiado TARDE,

propongo: «¿Y si gastamos

algunas bromas?».

Eso resulta ser una IDEA BRILLANTE.

ja
ja

T enemos un cojín de pedos
que probamos con Delia.
También funciona
con la tía Alice.

cojín de pedos

prrop

prrop

Otra idea GENIAL es
meterme en una caja GIGANTE,
como si fuese otro REGALO para papá.

PARA
PAPÁ
xx

Salgo DE REPENTE gritando ¡SORPRESA!

Papá se ríe,
pero al tío Kevin no le hace
ninguna gracia,

—

porque le he tirado un bol de patatas encima
de la pajarita.

Mamá y el tío me miran con ojos ASESINOS ☉ ☉.

La abuela aparece justo a tiempo con la tarta
de cumpleaños de papá...

... que es bastante
original. Ejem.

«Es una deliciosa
tarta
de **verduras**»,
explica.

(Hummmmm... ¿Por qué será que a mí
no me parece tan deliciosa?).

Todos nos ponemos a cantarle
«CUMPLEAÑOS FELIZ» a papá. ♪

(Yo le canto una versión que me he inventado).

«Que cumplas muchos más.
Ay, qué viejuno estás.
Se te ve ya el cartón.
¡Ponte un buen pelucón!». ☺

Papá dice que soy un payaso y sopla las velas.
El tío dice de broma que vamos a necesitar

un extintor para apagarlas todas.

(Ja, ja).

Los primos son los primeros
en lanzarse sobre la tarta.
(Típico de ellos).

Eso es que debe de ser
más | COMESTIBLE | de lo que parece.

Entonces, el abuelo nos ANUNCIA que los

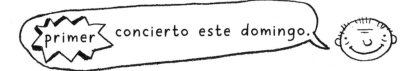

LOBOZOMBIS van a tener su

primer concierto este domingo.

¿QUÉEE?

«¿Este domingo?

Es como un poco pronto, ¿no?», digo yo.

Pero el abuelo dice que ya está todo apalabrado.

Y que ya podemos ir ensayando.

No le falta razón, porque nos sabemos

muy pocas canciones.

«**A**demás, si no venís a tocar, me **OBLIGARÉIS**

a entretener al público con mi truco

de **magia** ESPECIAL para las fiestas»,

nos dice el abuelo.

Derek quiere saber cuál es

ese *truco de magia* ESPECIAL.

(Yo tampoco lo sé).

dentadura

AH,

ya me acuerdo.

Mientras tanto, los primos TODAVÍA siguen
con ganas de ver la película.
Yo preferiría volver a ver al abuelo sacándose
la dentadura. Pero no hay nada que hacer,
porque ya se han apoltronado delante de la tele,
esperando que yo me siente con ellos.

¡MISTERIO! El mando a distancia
ha DESAPARECIDO.

(Lo he escondido).

Les digo que no se puede CAMBIAR
de canal. Y están poniendo un programa
sobre... VAMPIROS (qué casualidad).

Los dejo enganchados a la tele.
Ellos se quedan allí, felices
y contentos, hasta que llegan sus padres
para llevárselos a casa.

Se van mucho antes de lo previsto,

porque el tío Kevin

se ha hecho daño en la espalda.

«Sabía que bailar era una mala idea», dice.

Papá dice que el tío (ya no es

un chaval.

No se puede decir lo mismo de

los FÓSILES, que se lo están pasando

pipa. Nos invitan a todos a bailar la CONGA,

y recorremos toda la casa y también el jardín.

Es bastante ridículo, pero muy divertido.

Al menos, este año parece que papá

se lo está pasando bien.

Al contrario que Delia.

La Asamblea Especial

No os lo perdáis...

Resulta que Derek

no va hoy al cole porque

se ha torcido el tobillo

> bailando la conga,
> ¡grrrr!

Tengo que ir yo solo, y todo va BIEN

hasta que llego al cole y oigo al señor Keen

hablando con el señor Fullerman de

> **la ASAMBLEA ESPECIAL.**

¡OH, NO! Con el cumpleaños de

papá y todo el follón, me había olvidado

de la *asamblea especial*,

¡y de que tenía que tocar en la banda escolar!

(DEREK ha elegido el peor día para torcerse

el tobillo).

Intento esquivar al señor Keen OTRA VEZ
hasta que encuentre alguna excusa PERFECTA
para ESCAPARME de esta situación tan comprometida.
Ya es bastante duro tener que tocar
«instrumentos» que son botellas
con baquetas . Pero hacerlo sin Derek

sería demasiado insoportable.

¿Qué puedo hacer?

Camino *DESPACITO* hacia la clase para tener
tiempo para pensar.

Marcus va delante de mí. Cuando me ve,
empieza a andar COJO.
«La mordedura del perro todavía me duele»,
dice. Eso me da una idea. ☺

(¡Gracias, Marcus!).

¡URGENCIA MÉDICA! De repente,

un TERRIBLE DOLOR DE BRAZO

me deja PARALIZADO...

El señor Fullerman no entiende

cómo ha podido pasarme TAN de golpe.

Yo le explico que mi hermana mayor, DELIA,

me ha echado de casa a empujones y que por culpa

de ESO se me debe de haber torcido

«el brazo de tocar instrumentos».

Y añado: «Es una AGONÍA».

¡Ayyy!

Mientras pasa lista, suelto unos gemidos

MUY FUERTES, y la cosa marcha bastante bien.

El señor Fullerman me envía a la enfermería...

otra vez. Por el camino, me quejo

un rato más (todo el rato, en realidad)

para que quede bien claro que me duele.

La señora Mega me dice que me siente

en la enfermería y que espere un momento.

Enfermería

¡QUÉ PENA!

Me he perdido **TODA** la asamblea especial y no he podido tocar en la banda escolar.

¡BIEN!

Cuando ya ha pasado el peligro, hago un descubrimiento importante:

el brazo se me ha curado

milagrosamente.

Ya puedo volver a clase.

¡Tachán!

Es un MILAGRO.

Ahora solo tengo que esquivar
al señor Keen hasta que se acaben las clases,
cosa que consigo hacer con la ayuda de:
   las puertas,

las paredes

y ARMARIO.

Pero al señor Fullerman no le puedo esquivar.
Me hace ir con él para **«charlar un rato»**.
(Me parece que la curación milagrosa
del dolor de brazo le ha hecho sospechar).

El señor Fullerman me dice:

«Qué lástima que te hayas perdido la asamblea especial, Tom».

(Sí, qué lástima).

«Pero me alegro de que el brazo se te haya curado... tan rápido».

(Huy, huy, huy...).

Le digo al señor Fullerman que ahora tengo el brazo PERFECTAMENTE.

Y en ESE momento me fijo en el libro que lleva en la mano.

ES un libro sobre ÁRBOLES.

(Me suena de algo).

E l profe me devuelve la

RESEÑA que hice a toda prisa

sobre los ÁRBOLES...

Esto tiene muy mala pinta.

Ay, ay, ay...

Tom:

Qué gran sorpresa me he llevado
cuando he visto este libro
sobre ÁRBOLES... y he caído
en que había leído la parte
del final en algún sitio...

En TU RESEÑA, Tom.

Copiar está mal.

Quiero otra reseña mañana
por la mañana, o enviaré
otra carta a tus padres...

Señor Fullerman.

Glups.

LOS ÁRBOLES

Este libro contiene muchos datos curiosos sobre los árboles. Desde dónde está el árbol más alto del mundo hasta qué organismos encuentran alimento y cobijo en los árboles.

¿Sabíais que los árboles son los organismos más viejos de la Tierra?

¿Y que cada hectárea forestal elimina cerca de 5 toneladas de dióxido de carbono al año?

Se considera que los ejemplares más antiguos del mundo son unos ÁRBOLES MATUSALÉN de 4 600 años de edad que se encuentran en Estados Unidos. Los árboles aportan muchos beneficios a las ciudades y a otras comunidades humanas. Por ejemplo, embellecen el entorno, dan sombra y transmiten serenidad y paz.

Esperemos que la información que encontraréis en este libro os inspire a cuidar más los bosques y a plantar árboles siempre que podáis.

Por B. Llota

MALAS NOTICIAS

El señor Fullerman me ha QUITADO una de las ESTRELLAS DE ORO de la tabla de puntos hasta que vuelva a hacer la reseña. **«Es tu última oportunidad, Tom»**, me dice. Veo que Marcus tiene MUCHAS más estrellas que yo, cosa que me da mogollón de rabia.

Encima, el profe le ha dado una estrella de oro por **«encontrar un insecto muy exótico».**

Eso SÍ que da rabia,
  ¡porque yo lo vi ⊙ ⊙ primero!

Ahora, Marcus va MUY por delante del resto de la clase, incluso de Amy. ¿Cómo ha podido pasar?

Marcus es un pájaro de mucho cuidado,

y me pregunto si no habrá hecho

 TRAMPA.

¡No me fío!

Cuando vuelvo a casa, le comento

mis sospechas a Derek, que quiere pasarse

por la tienda de chuches para comprar

gominolas.

¿Y sabéis quién está en la tienda?

➡  MARCUS.

Él nos saluda, pero
le hemos pillado buscando
una cosa... y NO son gominolas.

Sospechoso

Pegatinas
en forma
de estrella

Derek coge unas gominolas 🍬gomi mientras
yo miro el **SÚPER ROCK** de esta semana.
(De momento no puedo comer dulces por culpa
de la muela 🦷).

Cuando salimos de la tienda, me fijo
en que Marcus está parado delante
de la sección donde venden folios, sobres ✉
y... pegatinas.

«Qué curioso...», le digo a Derek.

«Me pregunto qué querrá comprar Marcus».

SEGURO que se trae algo entre manos.

Decidimos echar un vistazo por la ventana

de la tienda. Y, efectivamente...

Marcus está

comprando

una cosa

que parece

una [caja] de PEGATINAS de ORO

en forma de ESTRELLA. ☆ ☆ ☆ ☆ ☆

¡Lo sabía! Marcus ha estado [pegando] él mismo

estrellas de oro en la tabla de puntos.

Pero pillarlo con las manos en la masa

no va a ser fácil. Tendremos que ABRIR BIEN

LOS OJOS, como hace el señor Fullerman.

LOBOZOMBIS
ÚLTIMO ENSAYO

Norman ha venido al garaje para el **ÚLTIMO** ensayo de los **LOBOZOMBIS** antes del gran concierto.

Yo le cuento que hemos **DESCUBIERTO** que Marcus se compra sus propias estrellas de oro para hacer **TRAMPA**.

Norman dice que es una ¡GRAN IDEA! (No, Norman, es una mala idea... Buf).

Tenemos que aprender **UNA** canción más y ensayar las demás.

El padre de Derek aprovecha cualquier excusa para meter las narices y vernos ensayar.

¿Va todo bien?

Aunque TODOS hemos aprendido ya a NO HABLAR de música con el señor Fingle (a menos que nos sobren unas DIEZ HORAS ☹ ☹), ahora mismo sí que *NECESITAMOS* su ayuda. Derek le pregunta si nos puede proponer una buena canción que podamos aprendernos... en un día.

«Eso está hecho, chicos...».

(Se ha acelerado MUCHO). Coge un disco de los Deep Purple y dice:

Otro CLÁSICO perfecto para vosotros.

Nos ponemos manos a la obra, con la ayuda del señor Fingle.

Al final, los **LOBOZOMBIS** (o sea, nosotros) añadimos **SMOKE ON THE WATER** a nuestro repertorio.

¡BRAVO!

Norman ya sabe tocarla, y Derek y yo estamos en ello. La voz es complicada, sobre todo cuando se mete el señor Fingle.

Esperamos a que nos salga lo bastante bien
como para que al abuelo no se le CAIGA
la dentadura postiza de la vergüenza el domingo.

Ahora que ya hemos acabado de ensayar,
Derek se pone a buscar las gominolas
que se había guardado de premio,
pero no las encuentra. Yo no me las he comido.
                Pero creo que sé quién lo ha hecho...

Que no se nos olvide nunca que

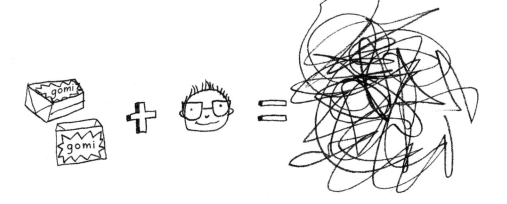

LOBOZOMBIS

PRIMER GRAN CONCIERTO

¡sssí!

¡NOTICIA BOMBA!

El novio de Delia ED me ha prestado

una guitarra **ELÉCTRICA** auténtica

y un ampli para poder tocar

¡MUUUUY **FuERTE!**

Por la cara que ha puesto Delia,
diría que funciona muy bien.

290

Papá dice que irá con nosotros para hacer de

ASISTENTE

con la instalación y tal.

Se lo ha tomado muy en serio

(y ha hecho una lista muy detallada).

LOBOZOMBIS

pancarta ✓

MÚSICOS ✓

INSTRUMENTOS ✓

CARTELES ✓

CASCOS ✓

BEBIDAS ✓

Mamá se ocupará de la cámara.

Mientras nos hacemos nuestras primeras

FOTOS DE GRUPO,

papá se dedica a poner poses

de roquero muy ridículas.

Derek y yo estamos bastante **nerviosos.**

Norman está siempre tan atómico

que no se le nota la diferencia.

Cuando mamá se acerca para desearnos suerte

y [ABRAZARME], me escapo

por los pelos.

Delia está tan simpática como siempre.

¿Todavía estás aquí?

Papá ya ha acabado de cargar la baca del coche y nos ponemos en marcha para reunirnos con el abuelo. Y en ese momento caigo...

No tenemos ni idea de dónde está el local donde vamos a dar el concierto.

Papá dice que va a ser una GRAN

SORPRESA...

«¿RESIDENCIA DE ANCIANOS 'VIDA NUEVA'?», digo yo.

El abuelo dice que los vamos a dejar BOQUIABIERTOS.

«Aquí tengo un montón de amigos que se mueren de ganas de veros».

¿DE VERDAD?

«Y da igual si tocáis demasiado fuerte o si os equivocáis, porque la MAYORÍA del público es duro de oído. Solo quieren divertirse con vuestra música».

Genial. Me pregunto cómo podrá «divertirse con nuestra música» toda esa panda de abuelos.

¿Cómo dices?

El abuelo ha colgado un **MONTÓN** de carteles por toda la residencia.

Y ahora les dice a todos que yo soy su nieto y que los **LOBOZOMBIS** serán

LA PRÓXIMA GRAN SENSACIÓN.

Y que tienen que venir a vernos.

(Gracias, abuelo).

Tenemos que esperar a que el salón se quede **VACÍO** antes de entrar a instalarlo todo.

M
ientras tanto, evito una gran catástrofe
impidiendo que Norman se acerque
a la bandeja de las galletas. ¡FIU!

¡ATRÁS!

H
a llegado un montón de gente,
pero los abuelos tardan un buen rato
en coger sitio y sentarse.

Entonces, el abuelo nos presenta diciendo:
«¿Se me oye al fondo?», y todos
empiezan a decir: «¿Cómo?»,
«¿Qué dice?», «¿Ein?». Por lo visto,
podemos tocar bien fuerte.
Por fin, el abuelo dice:
«Demos una CALUROSA bienvenida en
VIDA NUEVA a los fabulosos... ¡LOBOZOMBIS!».

E
mpezamos con una enérgica interpretación
de «Delia es una petarda».

(Parece que les gusta mucho).

Nuestro primer gran concierto ha salido... BIEN.
No ha sido la bomba, pero ha salido bien.
(Aunque todavía podemos mejorar). Nos hemos
equivocado alguna vez, pero no parece que nadie
se haya dado cuenta.

En definitiva, nos lo hemos pasado bien,
Norman no se ha puesto demasiado atómico,
y la dentadura del abuelo no se ha movido
de su sitio (supongo que eso es una buena señal).
Y, cuando nos íbamos, oímos a algunos cantando

«Delia es una PETARDA».

¡Genial! :)

El abuelo dice que podemos tocar
en muchas otras residencias de ancianos.
«¡Por algún sitio hay que empezar!», nos recuerda.
      Y tiene razón.
(Me pregunto dónde darían su primer concierto
los DUDE3 ...).

a en casa, leo el último número de

SÚPER ROCK

y me imagino que entrevistan a los **LOBOZOMBIS**

para hablar del éxito de su primer gran concierto (y de otros temas de gran importancia musical).

LOS VETERANOS SE ENTUSIASMAN CON EL PRIMER CONCIERTO DE LOS LOBOZOMBIS

Súper Rock: Dinos, Tom, ¿cuáles son las INFLUENCIAS de los LOBOZOMBIS?

Tom: Buena pregunta. Tenemos influencias de todo tipo. Los DUDE3 nos han marcado mucho. Y siempre hay algún miembro repelente de la familia que me inspira a componer canciones.

SR: ¿Como por ejemplo «Delia es una petarda»?

Tom: Afirmativo...

SR: ¿Por qué habéis elegido una residencia de ancianos para vuestro debut en directo? Es una opción muy original.

Tom: A los ancianos también les gusta la música. Y parece que el boca a boca funciona, ¡ya que han aumentado mucho los fans veteranos de los LOBOZOMBIS!

SR: ¿Qué ves en el futuro de los LOBOZOMBIS?

Tom: La conquista del mundo, para empezar (risas). No, la verdad es que estaría bien que alguna marca de deliciosas galletas nos patrocinara.

De repente, Delia rompe el momento.

¿Estabas haciendo como si te entrevistaran?

«No», contesto, pero no cuela.

¡Qué PATÉTICO! ¡Ja! ¡Ja!

Entonces me coge el ejemplar de la revista

SÚPER ROCK ¡y se va

RIÉNDOSE!

¡Ja! ¡Ja! ¡Ja! ¡Ja!

Me parece que la próxima canción que componga se llamará

«Mi hermana es **LO PEOR».**

Tengo un montón de ideas esperando.

Con el ÉXITO aún reciente, Derek, Norman
y yo revivimos con los compañeros
nuestro primer CONCIERTAZO.

Yo les digo: «Había un montón
de personas gritando y aplaudiendo».

Cosa que *NO DEJA* de ser verdad.

Pero tampoco hace falta especificar
que el concierto fue en la RESIDENCIA DE
ANCIANOS «VIDA NUEVA», ¿verdad que no?

En clase, todavía no hemos acabado
de sentarnos cuando se oye a la señora Mega
por el sistema de megafonía:

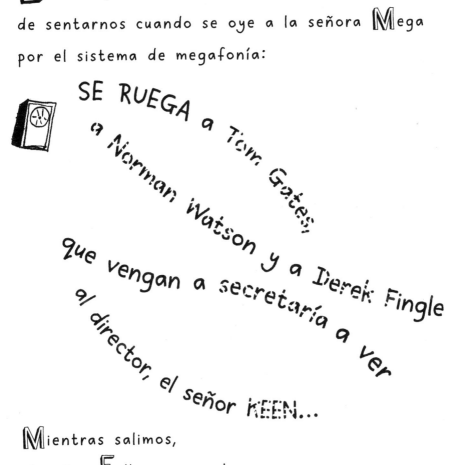

SE RUEGA a Tom Gates, a Norman Watson y a Derek Fingle que vengan a secretaría a ver al director, el señor KEEN...

Mientras salimos,
el señor Fullerman me lanza

su mirada de «¿Qué habréis hecho

ahora?».

Derek ha llegado a la puerta de secretaría antes que nosotros.

«¿Qué querrá el señor Keen?», me pregunta.

«Vete a saber... Pero, sea lo que sea, somos inocentes», respondo.

A Norman le da igual. Con tal de perderse la clase...

¡TOMA!

Resulta que el señor Keen ha recibido una llamada del director de la RESIDENCIA DE ANCIANOS «VIDA NUEVA» diciendo que han quedado encantados ☺ con la actuación. De hecho, ha dicho que hemos dejado al colegio «en muy buen lugar».

Ah...., vaya.

«Enhorabuena a los tres»,

 nos dice el señor Keen.

Y después lo **ESTROPEA** todo

añadiendo:

«¡Ahora seguro que tocaréis todavía mejor en la banda escolar!».

 Resulta que el señor Oboe ha montado un ensayo especial de la banda a la hora del almuerzo.

«Hoy voy a enseñar el colegio a unos padres nuevos. Les encantará ver la banda en acción. ¿A que es muy buena idea?».

(Pueeeeees... ¡NO!).

Y dale con la banda... ¡BASTA, por favor!

¡**E**l señor **K**een está OBSESIONADO con meternos en la banda escolar!

¿POR QUÉ? Miro a Derek y veo que no le entusiasma la idea. (Sobre todo viendo cómo fue la cosa la última vez).

A Norman parece que le da igual, porque está entretenido mirando una araña que se pasea por la pared.

Intento buscar OTRA buena excusa para SALIR de este compromiso.
(¡Piensa, Tom! Mmmmm... Mmmmmm... ¡Piensa! Mmmmm...).
Se me pasan todo tipo de ideas por la cabeza.

Y, de repente, tengo una

¡INSPIRACIÓN!

«Señor Keen...», le digo.

«Dime, Tom».

«¿Le importaría si NO participásemos

en la banda? La última vez que intentamos tocar

los instrumentos reciclados lo hicimos FATAL.

Nos lo dijeron todos».

 **«Ah... ¿Y los tres pensáis
lo mismo?»,**

quiere saber el señor Keen.

«Claro», digo yo.

Derek y Norman dicen que sí con la cabeza.

Suspiro de alivio

¡FIUU!

¿POR QUÉ no se me habría ocurrido antes?

Por fin se ha arreglado todo.

Se acabó lo de la banda escolar.

¡ERROR!

AHORA...

El señor Keen nos propone que los  hagan una actuación especial

DELANTE DE TODO

EL COLEGIO.

«Como la que hicisteis para la RESIDENCIA DE ANCIANOS «VIDA NUEVA».

Me alegra que me hayas hecho esta propuesta, Tom», añade.

(Pero si yo no le he propuesto nada... Grrr).

Al volver a clase, les digo a Derek y a Norman que no se preocupen, que seguro que el señor Keen se olvidará de todo (o no).

«No estamos preparados para actuar delante del colegio entero», les digo.

En eso estamos todos de acuerdo.

Ya estamos de vuelta en clase.

Espero que el señor Fullerman se haya enterado
de que el director está MUY contento
con nosotros (para variar).
A lo mejor nos premia y todo...
No, de momento, nada de nada. Qué le vamos a hacer.

Ahora empieza una clase de lectura. Genial,
porque es de las más fáciles.

Eso sí, en casa se me ha ocurrido meter
el último número de **SÚPER ROCK**
en el libro que estoy leyendo,
por si la cosa se pone aburrida.
(Yo lo llamo «lectura de repuesto»).

Pero el señor Fullerman me dice que hoy
tendré que SALTARME la lectura porque todavía
le debo la famosa RESEÑA.

«¿Verdad, TOM?».

Y, si no la acabo AHORA,

tendré que hacerla a la hora de comer

en la biblioteca, vigilado por la señora Tomo.

**«No querrás que les escriba OTRA nota
a tus padres, ¿verdad?».**

«NO, señor Fullerman».

«Y nada de copiar libros de árboles».

Grrrr...

A mi lado, Marcus se está riendo por lo bajo.

Me dice: «Las estrellas de oro no se ganan

haciendo trampas». ¡Qué rabia!

Ya lo tengo. Escribiré una RESEÑA sobre el primer

concierto de los **LOBOZOMBIS**. Como todavía

lo tengo fresco, la haré en un pispás. Seguro que

termino antes de la hora de comer. No me gustaría

tener que acabar los deberes en la *biblio*.

Pues sí, al final

tengo que acabar los deberes

en la *biblio.*

Biblioteca

(suspiro)

Oigo a gente riendo y JUGANDO

fuera, y a la banda tocando en el salón

de actos. La señora Tomo ➡️ 👧 no me quita

el OJO 👁 de encima,

ni a los otros dos chicos que hay aquí.

(Al menos, no tengo que actuar con la banda,

que ya es algo).

Espero que esta reseña valga

SEIS PUNTOS y tres ⭐ estrellas

de oro.

Porque, ahora mismo, Marcus TODAVÍA es

el primero en la TABLA de puntos.

Pero yo estoy convencido de que ha hecho

TRAMPA. ⇨ 😠 ← ¿Tramposo?

Aunque no lo puedo demostrar, qué rabia.

Total, que estoy intentando acabar

los deberes cuando levanto la vista, miro

por la ventana y veo una cosa muy

EXTRAÑA.

Desde mi asiento 🪑 de la biblioteca, puedo ver

👀 el **INTERIOR** de la CLASE.

Hay ALGUIEN dentro.

No parece el señor Fullerman, ni el señor Keen,

ni ninguno de los profesores.

Me ha picado la curiosidad, y sigo vigilando.

M_E ESTIRO

para ver quién es.

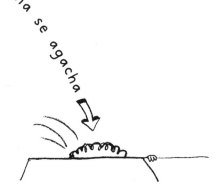

Y, justo entonces, la persona se agacha

bajo una mesa.

Esto tiene MUY mala pinta.

La banda escolar todavía está tocando, o sea,

que no puede ser ninguno de ellos, ni el señor Oboe.

Es una cabeza con el pelo rizado.

Y se va acercando más

y más

hacia...

¡Lo sabía!

Ahora sí que voy a pillar a esa rata

TRAIDORA.

listillo

L e pido permiso para irme a la señora Tomo.

He acabado.

A clase.

«Porque el señor Fullerman

quiere que le presente

EN PERSONA

los deberes hechos».

(Buena idea).

Echo una *CARRERA*

hacia la clase.

Ya casi he llegado cuando me

TOPO

con el señor Keen.

Resulta que está

enseñándoles el colegio

a los padres.

Me pregunta qué hago por los pasillos a la hora

del almuerzo.

Yo le digo que estoy haciendo DEBERES

atrasados (y en parte es verdad).

padres

Entonces, el director les explica a los padres TODO lo de los LOBOZOMBIS, y que tocamos en la RESIDENCIA DE ANCIANOS «VIDA NUEVA».

(Parece que no va a callarse nunca. Bla, bla, bla...).

¡Y yo tengo que llegar a clase COMO SEA!

Justo cuando me creo que ya ha acabado de cascar...

¡aparece el señor Fullerman!

¡Hola!

Y entonces ÉL empieza a hablar a los padres de la **«excursión al campo»** y de todo el trabajo que hacemos en clase.

BLA, BLA, BLA...

Y durante TODO EL RATO no dejo de (preguntarme) quién estará en la clase ¡PEGANDO ESTRELLAS DE ORO en la **TABLA!**

De repente, uno de los PADRES me pregunta:

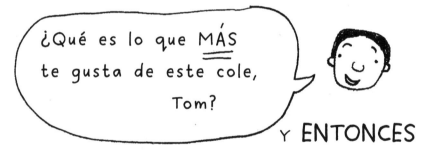

¿Qué es lo que MÁS te gusta de este cole, Tom?

Y ENTONCES se me pone en marcha el

CEREBRO

y le digo...

«Me gusta mucho la
TABLA DE PUNTOS,
porque te anima a trabajar más en clase».

(Una respuesta inspiradísima).

«Parece interesante», dicen ellos.
      «¿De qué se trata exactamente?».

Entonces  el señor Keen

 propone que los acompañe a la clase
para que lo vean.

Y yo les digo: «Es una idea FANTÁSTICA. ☺
¡Síganme!».

Mientras vamos a la clase, les explico a los padres que GANAMOS puntos cuando hacemos algo bien. Y que DOS PUNTOS equivalen a una

Y que la ÚNICA persona que nos puede dar estrellas de oro es nuestro PROFESOR.

«Nosotros NO PODEMOS pegar las estrellas en la tabla por nuestra cuenta, ¿verdad que no, señor Fullerman?», añado.

«No, Tom. De eso ya me encargo yo.
Y repartiré premios entre los alumnos
que obtengan más estrellas
antes de las vacaciones».

Ya casi hemos llegado a la puerta de la clase.

Entonces les digo:

«Si ALGÚN DÍA pillara a un alumno
pegando estrellas POR SU CUENTA,
eso sería hacer trampa, ¿verdad que sí,
señor Fullerman?».
«Exacto, Tom», responde él.

Entonces ABRO la puerta de la clase
y, como sospechaba...

... pillamos a Marcus con un paquete de estrellas de oro en la mano.

(Ahora SÍ que la ha pringado).

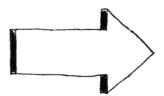

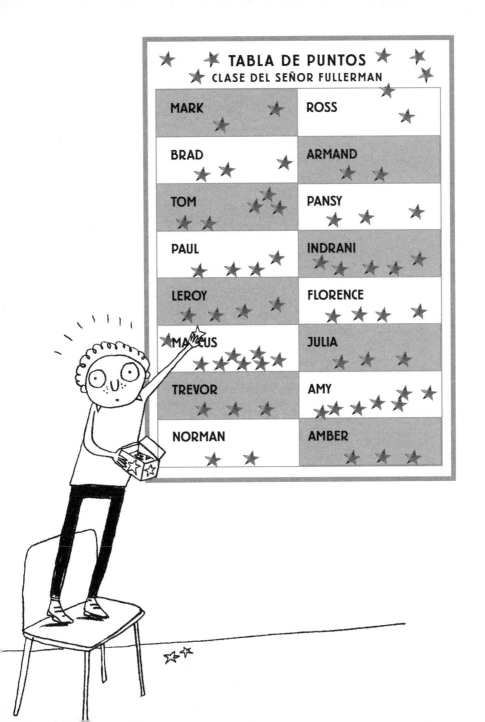

Estimados señor y señora Meldrew:

Lamento comunicarles que hemos sorprendido
a su hijo Marcus pegando estrellas de oro
por su cuenta en la TABLA DE PUNTOS.
En otras palabras, le hemos pillado
haciendo trampa.

Marcus pasará tres días castigado sin recreo,
ayudando a la señora Tomo en la biblioteca.

Y, además, tendrá que escribir una carta
pidiéndome disculpas.

Espero que Marcus aprenda la lección, ya que él
es sobradamente capaz de ganar estrellas de oro
sin hacer trampa.

Atentamente,

Señor Fullerman

Colegio Oakfield

Como Marcus ha hecho TRAMPA...

se ha quedado sin estrellas de oro.

Y a mí >solo< me faltan DOS ESTRELLAS

para alcanzar a AMY, que va la primera.

Tengo que ganar cuatro puntos (o más)
por la RESEÑA del concierto
de los LOBOZOMBIS.

El señor Fullerman tarda SIGLOS

en puntuarme los deberes.
Y, cuando me los devuelve, me dice
que ha surgido un problemilla.

OH, NO, ¿QUÉ SERÁ?

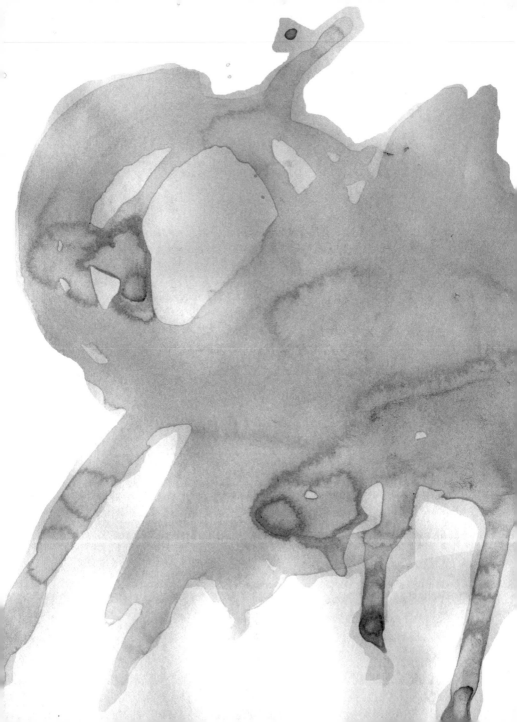

Lo siento, Tom.

¡He tenido un ligero percance con el café!

Por suerte, tus deberes se han salvado y he podido leerlos y puntuarlos igualmente.

Y, por favor, intenta presentarlos a tiempo a partir de ahora.

Señor Fullerman

LOBOZOMBIS

SU PRIMER CONCIERTO

RESEÑA FINAL

(SEGUNDO TERCER INTENTO)

Por Tom Gates

Si yo fuese el cantante de los ,
me quedaría un poco desilusionado
al ver que el local
donde íbamos a dar el concierto era la

RESIDENCIA DE ANCIANOS «VIDA NUEVA».

Pero, para ser el primer concierto
de los **LOBOZOMBIS**, era el sitio ideal.

Mi abuelo BOB

lo organizó todo (gracias, abuelo).

El grupo tuvo que instalar un MONTÓN
de cosas antes del concierto.

En realidad, cuando digo «el grupo»,
me refiero a mi padre, que nos hizo de asistente
durante todo el día.

Antes de empezar, tuvimos que esperar

a que acabase la

CLASE DE YOGA: ¡ABUELOS EN FORMA!

A papá no le dejaron usar el martillo

GIGANTE que se había traído para colgar

la pancarta

 ¡NO!

de los

 .

Por suerte,
el esparadrapo también sirvió.

l abuelo  nos dijo:

«Vendrán todos a veros, porque aquí son muy

de los **LOBOZOMBIS**».

Yo no lo veo tan claro, porque fuera había
un cartel que decía que habría té con galletas
y un concierto de música.

Conseguí que Norman **NO**
comiese GALLETAS
antes del concierto
y que no se pusiese

ATÓMICO

(otra vez).

Pasó un rato muy LARGO

hasta que todos se sentaron en su sitio.

Y pasó un rato aún más l a a a r g o

hasta que empezamos a tocar.

Eso fue básicamente por cinco razones:

1. Yo me olvidé completamente
   de la primera canción,
   y tuvimos que empezar de nuevo.

2. Norman tropezó sin querer con
   los platos de la batería y provocó un

GraN
ESTRÉPITO.

3. Algunos ABUELILLOS se quedaron pelín

CONMOCIONADOS

por el ruido y hubo que llevarles un té

y unas galletas para que se calmasen.

Ay, Señor.

4. Vera, una señora de la segunda fila,

Vera

no veía nada porque

tenía delante la cabeza

de un tal Alf. Papá tuvo

que ayudarla a buscar

un asiento mejor.

5. Finalmente... ya estábamos a punto

de empezar de verdad cuando un señor,

FRED, nos preguntó por qué nos llamábamos

los **LOBOZOMBIS**.

La verdad es que era una pregunta muy buena, y nos pasamos un buen rato explicándoselo.

TOTAL..., que al final pudimos empezar. «Delia es una petarda» tuvo mucho éxito. Y también «WILD THING».

Pero la mejor canción de todas fue «SMOKE ON THE WATER».

Porque todos nos acompañaron haciendo tintinear

tin

las tazas al compás de la música.

El CONCIERTO fue TAN bien que al final todos nos aplaudieron

PuEsTOS EN PIE...

Y eso tiene mucho mérito,
teniendo en cuenta que la mayor parte
del público pasaba de los

Fin

Seis puntos, Tom.

Es decir,

TRES ESTRELLAS DE ORO.

¡BUEN TRABAJO!

Señor Fullerman

¡Tomaaa! ¡Mirad cuántas estrellas brillan al lado de mi nombre!

¡Genial!

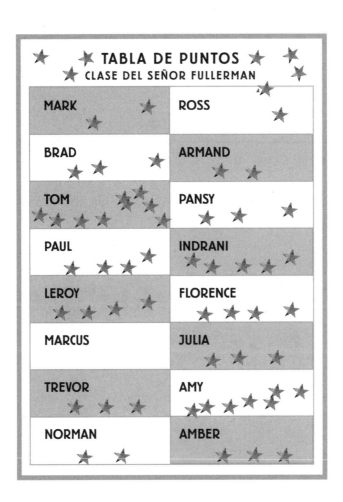

TABLA DE PUNTOS
CLASE DEL SEÑOR FULLERMAN

MARK	ROSS
BRAD	ARMAND
TOM	PANSY
PAUL	INDRANI
LEROY	FLORENCE
MARCUS	JULIA
TREVOR	AMY
NORMAN	AMBER

Adivinanza

¿Quién tiene manchas
en lugar de estrellas ⭐ de oro
y ya no es tan listillo como antes?

Solución ¡Ja! ¡Ja!

Me han pillado.

MARCUS

(el tramposo).

¿Has acabado **YA**

de leer este libro?

Si te gustan las mismas
cosas GRACIOSAS que a mí,

echa un vistazo a mi BLOG

tomgatesworld.blogspot.com

(Ojo, que está en inglés).

mundo

Gates

ométrico

¡Lo he escrito yo!

También
publicado
en Bruño

GANADOR
DEL PREMIO
ROALD
DAHL
AL LIBRO
MÁS
DIVERTIDO

Este soy yo!

El genial
mundo de

TOM
GATES

¡LÉELO si quieres
troncharte!

L. Pichon

Cosas geniales

¡guau!

He ganado una GRAN caja
de pinturas de colores
por haber quedado (casi) el PRIMERO
en la tabla de puntos. Y una fabulosa chocolatina
(no me ha durado nada).

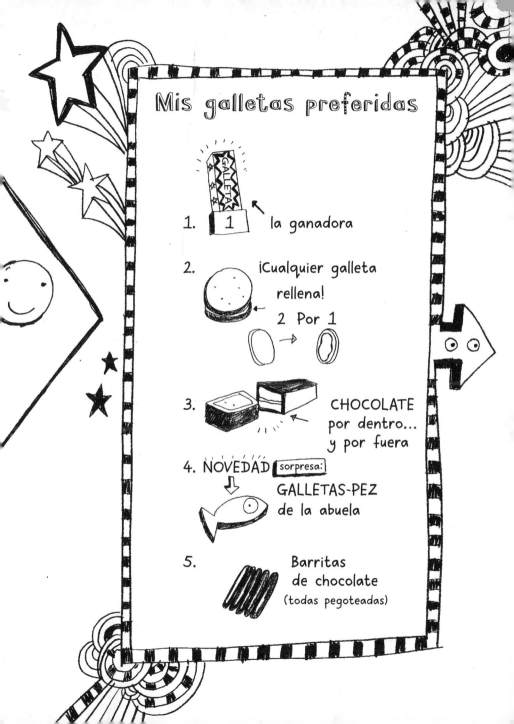

Mis galletas preferidas

1. la ganadora

2. ¡Cualquier galleta rellena!

   2 Por 1

3. CHOCOLATE por dentro... y por fuera

4. NOVEDAD sorpresa:

   GALLETAS-PEZ de la abuela

5. Barritas de chocolate (todas pegoteadas)